Cómplices

Biografía

Benito Taibo (México, 1960) es periodista, poeta y ferviente promotor de la lectura. Divertido, apasionado, irreverente, entregado y obsesivo, inició su producción literaria como poeta con *Siete primeros poemas* (1976), *Vivos y suicidas* (1978), *Recetas para el desastre* (1987) y *De la función social de las gitanas* (2002). También es autor de las novelas *Polvo* (Planeta, 2010), *Persona normal* (Destino, 2011) y *Querido Escorpión* (Planeta, 2013), así como de *Desde mi muro* (Planeta, 2014), la compilación de sus escritos en Facebook.

Benito Taibo
Cómplices

 Planeta

© 2022, Editorial Planeta Mexicana, S.A. de C.V.
Bajo el sello editorial BOOKET M.R.
Avenida Presidente Masarik núm. 111,
Piso 2, Polanco V Sección, Miguel Hidalgo
C.P. 11560, Ciudad de México
www.planetadelibros.com.mx

Diseño de portada: Jorge Garnica / La Geometría Secreta
Letras capitulares: Fabulous Drop Cap by Decade Type Foundry

Primera edición en formato epub: noviembre de 2015
ISBN: 978-607-07-3182-2

Primera edición impresa en México en Booket: abril de 2022
ISBN: 978-607-07-8589-4

Impreso en los talleres de Litográfica Ingramex, S.A. de C.V.
Centeno núm. 162-1, colonia Granjas Esmeralda, Ciudad de México
Impreso y hecho en México – *Printed and made in Mexico*

Leemos para saber que no estamos solos.
C. S. Lewis

Somos animales del lenguaje, somos criaturas que sueñan

Esta vez va para todos esos jóvenes lectores que me adoptaron
y que me hacen sentir uno más de la banda

Y sobre todo para Mely, por haberme salvado la vida

ÉL

Le duele el hombro. La estocada del inglés lo tomó por sorpresa. Se lo repitió Portos hasta el cansancio y, sin embargo, no le hizo caso en el momento crucial.

Lo cierto es que nadie hace caso en el momento crucial, y entonces vuelan mandobles, jarras de vino, bancas, velas. Las capas revolotean por el aire y los sombreros pierden sus elegantes plumas que no sirven para nada. Frente a él, dos sicarios del cardenal Richelieu avanzan con los floretes desenvainados, mirándolo con un odio perverso, buscando su corazón con la punta de las afiladas espadas.

Los despacha en segundos. Al primero le atraviesa el estómago de forma limpia, mientras lanza un plato lleno de cerdo en escabeche al segundo. A ese le hace llegar su hierro y su desprecio directo al pecho. Deja de verlo con odio. Su cara se torna en sorpresa absoluta al sentir cómo le llega la muerte.

En medio de una batalla campal en una taberna, donde es difícil distinguir a amigos de enemigos, dejas de oír, te vuelves sordo. Solo puedes ver cómo las cosas vuelan a tu alrededor con lentitud aterradora. Y tu cabeza y tu mano se hacen una para asir con firmeza la empuñadura de la espada, encontrar el blanco y salvarte de la muerte.

Pero el inglés, como todos los pérfidos ingleses, no viene de frente; llega por su lado ciego. Con la espada le apunta a las costillas. Se gira un segundo antes de recibir el golpe. Portos le dijo en cada una de las clases que *había recibido, y que según él había escuchado con mucha atención, que el giro debe ser acompañado por un encogimiento de hombros y de torso completo. Pero tan solo gira. Y la espada del supuesto caballero se le clava, acompañada de un dolor intenso, en el hombro izquierdo, atravesando la capa y su frágil humanidad.*

Por un momento siente que el mundo se abre bajo sus pies. Un velo rojo y oscuro cubre del todo su mirada. Un millón de alfileres hurgan en su carne.

El inglés abre la boca como si fuera a gritar y se desploma como un saco lleno de trigo sobre el suelo. Con la espada de Portos, el maestro, cosida a su espalda.

Salen de la taberna en medio de la confusión, sin saber muy bien cómo.

Ahora el matasanos le está poniendo sobre el hombro un emplasto que huele a doscientos mil demonios.

—No podrás jugar basquetbol por lo menos durante tres semanas —le dice muy serio el entrenador mientras termina de vendarlo, después de la jugada en la que lo hicieron «sándwich» entre dos contendientes cuando trataba de encestar tres puntos.

—Lo sabía —asegura su madre, que lo mira con enorme preocupación. Ella bajó de las gradas para humillarlo frente a toda la escuela, aunque no lo supiera. De eso están hechas las madres, de preocupación y cariño, por lo que pueden hacer cualquier cosa escandalosa en momentos terribles como ese.

—Fue a traición —dice él, francamente indignado.

No guarda rencor en su corazón. Pero odia con toda su alma no poder jugar la final. Menos mal que le quedan, como siempre, los libros para acompañarlo mientras se recupera.

YO

—Buenos días, muchachos —exclama alegre, y nadie sabe por qué, el profesor de tercero de secundaria, que recibe así a sus alumnos a las siete de la mañana. Yo odio que nos digan «muchachos», pero lo prefiero sin duda a «damas y caballeros» o al muchísimo peor «jovencitos». Y es que en eso de saludar hay tantas y tan enormes variantes que uno puede quedarse helado con las posibilidades. Me cuentan que hay un maestro de Química en la prepa que les habla de usted a los alumnos, y no solo eso: cuando se refiere a alguno en lo particular, lo llama por su apellido, como si estuvieran en un campo militar.

—¡Escobar, al frente! —dicen que dice.

Y Escobar es ni más ni menos que Mariela, la guapísima de la escuela por la que todos suspiran y que se bambolea como un barco en medio de la tempestad. Tiene el pelo negro, los ojos verdes y la falda más corta del universo entero. O eso parece. También tiene tobilleras blancas y una cinta azul en el pelo.

Bueno, el caso es que Escobar se levanta del asiento que le fue asignado por orden alfabético, va hasta el pizarrón pasando en medio de las filas de bancas y un montón de suspiros se van oyendo mientras cruza, como una estatua helénica, hasta el frente de la clase.

13

Un día apareció en una de las bardas de la escuela un «ESCO-BAR, TE AMO» pintado con *spray* negro, y todos tardamos mucho tiempo en saber de qué demonios se trataba el recado. Algunos dijeron que era un pueblo del norte; otros, que era un mensaje en clave de una pandilla que por aquí anda y que admira a un capo colombiano; otros más, que era un código revolucionario. Pero no, no era eso. Nada más y nada menos, estaba escrito lo que muchos pensábamos y no nos atrevíamos a poner en las paredes ni a susurrarlo siquiera.

Estoy divagando. El maestro saluda y todos contestamos adormilados. Al que se le haya ocurrido eso de tener clases a las siete de la mañana merece mi maldición eterna.

El maestro Fernando es una buena persona, sin duda, pero tiene un sistema un poco raro para dar sus clases. Primero lee, durante quince minutos y en voz alta, un libro. Parece ser que le dijeron que lo de la lectura en voz alta es muy bueno. Debe ser. Pero el problema es que el maestro Fernando es un poco gangoso y se le entiende la mitad de lo que dice. Además, lee todo con el mismo tono: parejo, parejo, sin emoción alguna. Como si estuviera declamando la lista del supermercado: seis kilos de papas, dos de ejotes, jabón *paga* la *lavadoga*, una escoba, *cagne* molida de *tegnega*, sopas de lata…

Pobre.

Y pobres de nosotros, que tenemos que soplarnos rollos interminables dichos monótonamente y sin expresividad alguna. Ya dije que es buena persona, muy buena. Nos da clases de Literatura y todo el tiempo nos empuja, como puede, hacia los libros y lo que ellos contienen. Sin resultados aparentes.

Excepto tal vez por Isabel, quien siente fascinación por eso de los libros: ella escucha atentamente y apunta todo en un cuaderno.

El maestro Fernando tiene otro problema. Sigue al pie de la letra el programa de estudios de la Secretaría de Educación, y gracias a ello hemos tenido que leer cosas como la *Ilíada*, la *Odisea* y el *Cantar de mío Cid*. Y, la verdad, no hemos entendido nada de nada. Como si estuvieran escritos en otro idioma y no en español. O a ver si no tengo razón:

> ¿Venides, Alvar Fáñez? ¡Una osada lança!
> Donde quiera os enviase siempre tengo gran esperanza.
> Eso con esto sea juntado,
> Os doy un quinto, si os parece bien, Minaya.

¡Qué tal! ¿O lo entendiste? De ser así, eres un genio, te felicito y con gusto te regalo el ejemplar del Cid que me obligaron a comprar. ¡Vamos, hasta te lo dedico! En caso contrario, bienvenido al club. Somos un montón los que no entendimos nada, o muy poco, o poquísimo. Creo que para leer este libro y otros como este, se necesita haber leído antes otros libros. Pero como la Secretaría dice que hay que leerlo, pues ni modo. En el examen que nos hizo el profesor Fernando saqué nueve. Y tampoco entendí por qué. El mundo es raro y las clases de Literatura lo son mucho más. Misteriosas, por decir lo menos.

Hoy, después de leernos, nos despierta a todos con una sorpresa. El maestro habla mientras escribe unas palabras con gis sobre el pizarrón.

—Muchachos. Tienen que *leeg* este *libgro* —y lo dice señalando las palabras gruesas que hay sobre la superficie verde—, y hacer un *gresumen* para el *viegnes* de la *prógxima* semana.

Y nosotros, obedientes, apuntamos en el cuaderno el nombre del *libgro. Guerra y paz.* León Tolstói. Un ruso. Veremos qué pasa y cómo nos va. Es una semana exacta para leer y hacer el famoso resumen de, por lo menos, dos páginas.

No sé qué va a suceder con mi vida. Pronto llegará la preparatoria y luego la universidad y luego la cantidad de obligaciones que parece ser que me tocan, aunque ni siquiera haya comprado boleto para la rifa y nadie me haya preguntado nada.

En algún momento pensé que lo mío era ser explorador. Vi un montón de documentales en la televisión sobre la vida de los animales en África, en los Polos, en la Amazonia, en los desiertos. Sonaba bien, se veía espectacular, incluso. Ir por el mundo descubriendo nuevas especies o contando del comportamiento de bichos enormes que se desplazan miles de kilómetros para tener a sus crías. Dormir en tiendas de campaña, ver atardeceres gloriosos en la sabana, o amanecer, en cambio, con un paisaje glacial ante mis ojos. Pero no, no puede ser. Cuando hace frío, tengo mucho, mucho frío. Y cuando hace calor, parece que me voy a derretir como una paleta de limón dejada sobre una banca en un parque. Lo mío, lo mío es lo templado, ni más ni menos.

Y en lo templado, los únicos animales a los que puedo seguir y observar de cerca son mis padres, mi hermana, mis amigos, los profes de la escuela. Habrá que averiguar si existe esa profesión. Por lo pronto, más me vale poner atención a lo que el maestro Fernando está diciendo sobre el Siglo de Oro, no vaya a ser que nos pregunte de repente. Porque este hombre quita puntos o medios puntos mensuales a la menor provocación si uno se equivoca.

Está diciendo algo de un tal Francisco de Quevedo y Villegas que se murió en 1645. ¡Hace casi cuatro siglos! Ni siquiera mi tatarabuelo vivía en ese tiempo.

Saliendo iré a buscar el libro del ruso que habla de la guerra y la paz. Ojalá no sea demasiado largo.

ELLA

«Nadie me pela», piensa Isabel mientras hace dibujitos de estrellas y lunas sobre su cuaderno cuadriculado en la soledad de su cuarto.

No es que esté gorda. Ella prefiere pensar en sí misma como «llenita»; Vicky, su hermana mayor, dice que lo que pasa es que tiene huesos grandes y eso, a Isabel, siempre le saca una sonrisa. Lo cierto es que las malteadas de fresa, las donas glaseadas y los panqués de nata no son un alimento, son poco más que una maldición que se acumula en las caderas. Su mamá le pone en la mesa, todos los días, ensalada verde, pollo o pescado asado, una gelatina *light*. ¡A quién se le ocurre! «Eso» es comida de enferma. Y ella no está enferma, está «llenita».

Y sin embargo, faltan solo dos meses para su fiesta de quince años, y si el espejo no miente, será imposible meterse en el vestido azul que escogió para la celebración. Va a parecer un pitufo. Uno gordo, por supuesto. El tema aquí es que nadie le preguntó, como al resto de sus amigas, si prefería fiesta o viaje. Hubiera gritado: «¡Viaje!», con todas sus fuerzas. Pero en su casa impera esa extraña tradición familiar de realizar un jolgorio por todo lo alto cuando las chicas cumplen quince, y es algo que no está a discusión. Habrá que decir que tiran la casa por la ventana. Por ejemplo, en la fiesta de Vicky hubo incluso una orquesta y *valet parking*. Pero Isabel no se divirtió tanto como hubiera querido. Nadie la sacó a bailar en toda la noche. Danzó tan solo con las primas pequeñas y lamentó que ni uno solo de esos muchachos altos, guapos y elegantes se diera cuenta de que era ella la que mejor lo hacía de entre todos los que se dieron cita aquella vez. Por mucho.

A las doce en punto de la noche tuvo una ocurrencia. Una que podía cambiar su destino para siempre.

Salió corriendo hacia el jardín trasero de la casa, y en el camino, en medio de la pista, dejó sobre el suelo una de sus zapatillas de raso verde, como si nada, como si la hubiera perdido sin querer, como la Cenicienta.

Se sentó en la banca de madera junto a la enredadera y esperó a su príncipe. En vano. Casi dos horas.

De esa experiencia bochornosa sacó algunas conclusiones que luego apuntó en su cuaderno cuadriculado con letra diminuta, como si temiera que alguien que no fuera ella pudiera leerlo. Aunque sabía bien que eso era improbable. Siempre está escondido detrás de la *Gran enciclopedia del mundo animal*, esa que nadie ha tocado en años. Isabel escribió:

1. *Ya no hay príncipes azules. Ni de ningún otro color.*
2. *Ya no hay ni siquiera caballeros.*
3. *No dejes nunca una zapatilla en una pista de baile. La perderás.*
4. *No puedes bailar con una sola zapatilla, aunque quieras bailar sola.*
5. *No vayas al jardín descalza de un pie. Te dará gripa.*
6. *No creas NUNCA en los cuentos de hadas. No existen.*
7. *Los sueños no se hacen realidad.*
8. *Odio las fiestas de quince años.*

No puso nada más. No hacía falta.

Esa madrugada subió, con disimulo para que nadie notara la cojera, las escaleras rumbo a su cuarto. Abajo seguía la fiesta y el baile, y Vicky, su hermana, flotaba por la sala en los brazos de un galán que sonreía como un idiota. Pasito a pasito, escalón tras escalón fue avanzando hasta su madriguera. Ya casi llegaba cuando escuchó una voz a su espalda.

—¿Isa?

Era su padre. Con la dichosa zapatilla de raso verde en la mano.

—¿No es tuya, hija? —preguntó.

Se la arrebató con un súbito movimiento, avergonzada. Masculló unas gracias de pasada y subió dos escalones más.

—¿No quieres bailar una conmigo? —dijo su papá luciendo una enorme sonrisa como de película.

—No me gusta bailar —contestó ella. Y fue a encerrarse a su habitación.

La zapatilla estaba toda manchada. Tenía incluso un trozo de chicle morado en uno de sus lados. Como si hubieran jugado fut con ella.

Lloró. Mucho. Nadie hubiera pateado la zapatilla de la Cenicienta. Los príncipes de hoy son una partida de salvajes e ignorantes.

«Nadie me pela», escribió esa vez debajo de los ocho puntos definitorios. Hoy repasa la sentencia con los ojos y la confirma amarga, tristemente.

Faltan dos meses y ocho kilos para que suceda su propia fiesta de cumpleaños.

Isabel no cree, tampoco, en los milagros.

Al azar, toma un libro y comienza a leer, distraída...

ÉL

Jack y su tribu han recorrido de arriba abajo la isla buscándolo. Con rabia. Saben que sin sus lentes no hay posibilidad de hacer fuego. Y si no hay fuego, hay que comer alimentos crudos.

Él se ha metido en una oquedad bajo los riscos, muerto de miedo. Se separó de sus compañeros al oír los gritos salvajes que venían del otro lado del manglar. Sabe bien que si lo encuentran, le quitarán los anteojos y lo dejarán convertido en un verdadero inútil, un topo que tendrá que ir por ahí a tientas, ciego. Está empezando a subir la marea. El agua está lista para cubrirlo todo en un par de horas. No sabe si prefiere morir ahogado o a manos de Jack y sus secuaces.

Sus lentes son el bien más preciado que tiene, además de su vida. Cuando descubrieron que servían para hacer fuego por su enorme grosor, se convirtieron en un verdadero tesoro para todos. Al principio lo trataban con una enorme deferencia y en cuanto el sol se posaba en el centro del cielo, se los pedían con gran ceremonia y aspaviento y hacían que los rayos del astro se filtraran y aumentaran a través de los lentes sobre una cama de pajitas y hojarasca. Todos aplaudían, gritaban y danzaban alrededor del fuego, que como un milagro, a pesar de que se trataba tan solo de ciencia, aparecía de pronto ante sus ojos. Luego se los devolvían, dándole las gracias.

Él fue, sin duda, el personaje más importante de esa isla desierta durante los primeros días: era el poseedor del fuego. Estaba en lo más alto de la pirámide, junto a Jack y Mike, los dos líderes indiscutibles por derecho propio y a los que todos los demás hacían caso sin preguntar desde que el avión que los transportaba cayó con estrépito en medio de la nada.

No hay adultos en la isla, tan solo treinta muchachitos de entre once y quince años, todos de la misma escuela, que iban en un viaje de vacaciones y terminaron varados en ese lugar. El piloto y el copiloto del avión no habían sobrevivido al accidente; fueron enterrados por los chicos, con solemnidad, a escasos metros del fuselaje destrozado del aparato. Los primeros días no se atrevieron a moverse del lugar por si alguien iba a buscarlos, pero luego, al darse cuenta de las necesidades básicas que la bodeguita del avión ya no podía surtir, como agua y comida, salieron a explorar y encontraron, no muy lejos, mucha fruta y una pequeña cascada.

Se dividieron las tareas. Había exploradores y cazadores, que recorrieron la circunferencia de la isla y también sus vericuetos interiores. Encontraron loros, pequeños mamíferos, huevos de aves marinas, un par de jabalíes, murciélagos en una enorme cueva e incluso los restos de un viejo naufragio, y volvieron sonrientes con su botín alimentario a cuestas. Los constructores se dieron a la tarea de acarrear troncos de palmeras caídas, ramas, partes del fuselaje del avión y piedras para construir un refugio lo bastante grande donde cupieran todos los muchachos. Por último, pero no menos importante, los cocineros. Allí le tocó a él. Todas las mañanas, en cuanto el sol subía por el cielo, se quitaba las gafas de aumento y realizaba el milagro del fuego frente a los más pequeños, que sonreían y aplaudían tratándolo como si fuera un mago en un teatro. Él siempre hacía una pequeña reverencia mientras a sus pies chisporroteaba el prodigio que les daba luz, calor por la noche y posibilidad de comer. La peor parte, sin duda, era abrir, desplumar y despellejar los alimentos. Nunca lo había pensado. No tenía muy claro por qué había que meterse en ese amasijo de sangre, vísceras, tendones y piel para poder ponerse en la boca un trozo de carne asada. En casa o en la escuela era sin duda diferente. Por las mañanas lo esperaban, frente a la mesa de la cocina, un par de perfectos huevos fritos acompañados por unas lonchas crujientes y apeti-

tosas de tocino. Mojaba el pan en las yemas de los huevos con enorme deleite, poco a poco, con lentitud, disfrutando del momento, sintiéndose seguro.

Pero en esta isla desierta las cosas no son así. Se levantaban todos al alba para realizar las tareas que les habían sido asignadas, y en cuanto oscurecía, a resguardo en el campamento, se hablaba y se discutía con la fogata en el centro, iluminando fantasmagóricamente las caras de treinta asustados muchachitos (aunque algunos no lo admitieran y se hicieran los valientes). Pero en orden. Alguien, él no recuerda quién, inventó lo de la caracola. Solo el que la tuviera entre las manos podía hablar. Los demás que quisieran hacerlo tenían que esperar un riguroso turno.

Todo iba bastante bien. Hasta que, por una discusión tonta, el grupo se había separado. Jack y los cazadores se habían ido montaña arriba y habían hecho un nuevo campamento donde cada quien hacía lo que quería. Tenían de todo.

Excepto sus lentes, los lentes que sirven para hacer fuego.

Noche tras noche un grupito de Jack bajaba hasta la playa y, gritando como salvajes, con las caras cubiertas de lodo y armados con lanzas de madera, robaban un trozo de leña encendida, atemorizando a los más pequeños.

Hubiera bastado con que lo pidieran. Se los habría dado con gusto.

Pero luego, conscientes de su fuerza y de su poder para asustar, decidieron que no querían ese trozo de madera en llamas, sino sus lentes...

Y ahora lo persiguen, gritando como posesos incluso en las cercanías del pantano, arriesgándose todos a morir.

Pero el agua empieza a entrar en la oquedad donde se esconde.

Ya le está tocando los pies. Tiembla. De miedo y de frío, en ese orden.

Cierra los ojos con fuerza, deseando estar en casa, en su cama, con sus padres.

Tan solo un milagro podría salvarlo.

Le falta la respiración, el pulso cabalga por sus venas como un tropel de ratas en un incendio, siente cómo las rodillas castañetean entre sí, como un telégrafo que enviara mensajes de auxilio desde un barco que se hunde después de haber chocado contra un iceberg. Morir no es para nada divertido. Morirse es terrible y dramático.

Se atreve por fin, después de mucho rato, a separar los párpados con lentitud. Todo es borroso, como una película vieja y fuera de foco. Mueve las manos a los costados; no hay arena ni piedras, es tela suave. Bajo la cabeza, empapada de sudor, nota la almohada que tiene desde niño; aspira ese olor familiar y reconfortante. No está en una isla desierta rodeado de agua, nadie lo persigue. Es su casa, su cama.

Con la mano izquierda tentalea sobre la mesita de noche y, después de revolver mucho, encuentra por fin sus lentes de fondo de botella.

Se los pone y mira por la ventana cómo va amaneciendo. Lo puede ver claramente.

Puede ver el mundo claramente.

Recupera del suelo *El señor de las moscas*, de William Golding, y con un suspiro, retoma la lectura aliviado, en la cómoda suavidad de las sábanas blancas y la seguridad reconfortante de su habitación, su espacio, ese pequeño mundo amable que ha creado.

Tal vez eso de operarse de la vista sea una buena idea. Tan solo habrá que dejar los lentes enormes a la mano, a buen recaudo, por si se necesita un fuego que ahuyente a las bestias que vienen por las noches.

YO

Tengo ya la edición de *Guerra y paz* del señor Tolstói que logré conseguir en una librería de viejo en la avenida Álvaro Obregón. Me salió barata. Tiene 856 páginas. Lo sé porque lo primero que hice al recibir el tomo fue ir hasta el final y ver el numerito maléfico que me esperaba.

Saco entonces cuentas. Si lo tengo que leer en cinco días, me tocan 171.2 páginas por día. Tiene letra chiquita. Puse el cronómetro de mi reloj y probé en cuánto tiempo (entendiendo y no corriendo) lograba leer una página. Lo hice con tranquilidad y resultó que fueron tres minutos y veintidós segundos. Eso da un poco menos de veinte páginas por hora. Y entonces se me cayó el alma al suelo. La matemática no miente.

¡Tengo que leer nueve horas diarias para lograrlo! ¡Más que una jornada laboral! ¡Están locos!

Odio a los rusos, al maestro, al sistema educativo mexicano, a la escuela, al reloj y a los libros.

Si salgo de la escuela a las dos de la tarde, como hago el resto de la tarea, podré empezar a leer a las cuatro. Cuatro y nueve dan trece.

Las trece son la una. Mis papás jamás me van a dejar estar leyendo a Tolstói hasta la una de la mañana todos los días. ¡Ni que estuviera haciendo una maestría!

Cuando mi padre perdió su trabajo, hace tiempo, tuvo que ir a un psicólogo porque dijo que tenía estrés. Mi padre tuvo pronto un nuevo trabajo y se le quitó, pero los síntomas eran dificultad para respirar, manos sudorosas, falta de concentración, miedo inexplicable.

Pues eso. Yo tengo estrés. Y todavía no he empezado a leer.

Y como no me apure, el panorama se ve negro, negrísimo.

Domingo

Debo tener un nuevo récord.

Ayer leí doce páginas de *Guerra y paz*. Estoy en déficit con 159. Hoy me tocarían 330.4. ¡Ja!

Si pudiera hacerlo, estaría en una escuela de superdotados inventado la cura contra el cáncer y no pasándomela tan mal.

Lo que sucede es que fui a la fiesta en casa de Araceli. Y empezó temprano. En mi defensa, diré que de los amigos cercanos de la clase, incluyendo a Araceli, soy el que más ha leído del libro. Pepe ni siquiera lo compró. Manolo, que lo sacó de la biblioteca de la escuela, lo dejó en el salón y no lo recuperará hasta el lunes; Araceli estaba muy ocupada con lo de la fiesta en su casa y Benjamín —Mincho, como le decimos— salió, como siempre, con una de las suyas.

—*Pos* yo saqué el resumen de internet... Nomás le cambio unas cosas y listo.

—No se dice «pos», se dice «pues». ¿Y si te pregunta algo que no sepas? —preguntó Araceli en tono preocupado.

—*Pos* —insistió—, somos muchos. No va a preguntar —contestó Mincho, que siempre confía demasiado en su buena suerte.

Lo pensé unos segundos y me pareció una idea genial pero arriesgada. Se supone que nos dan cosas a leer para que aprendamos. Eso es trampa. Contra nosotros mismos. A la larga la vamos a pagar. Si un estudiante de Medicina hace un resumen de un libro sobre traqueotomías que sacó de internet y el profesor lo pasa, no quiero ser yo el que tenga un accidente y le toque ese médico, que no sabe lo que debería saber.

Hoy internet está produciendo sabios instantáneos. O ignorantes que parece que saben.

Me da tanto miedo que me descubran haciendo trampa que voy a evitarlo. Si hoy leo más, puedo más o menos lograrlo. Pero 330.4 páginas, ¡de plano no! O *niet*, como dirían los rusos de la novela...

LUNES

Resulta que no leí. Nada de nada. Los domingos nos levantamos tarde y luego nos clavamos con el partido de futbol. Y comimos fuera y luego mis padres nos invitaron al cine y a unos helados. El caso es que sigo acumulando páginas y prefiero ya ni contarlas.

Y en la noche me entró la ansiedad y la angustia, que venían en pareja como película de detectives gringos. Mezcla peligrosísima que impide que uno pueda concentrarse para leer. Lo peor del caso es que tampoco dormí bien. Me pasé la noche entera dando vueltas y viendo cómo los lobos de la estepa rusa, de afilados colmillos y ojos rojos como tizones de carbón, me perseguían entre la nieve intentando morderme las nalgas. Luego aparecieron los soldados zaristas, todos con elegantes uniformes azules, bigotes enormes y cara de malas personas, quienes, sable en mano y montados sobre sus briosos corceles, me perseguían para meterme en algo llamado «cadalso», que por más que pienso de dónde saqué la palabreja, de plano no doy.

El caso es que no pegué ojo en toda la noche, amenazado por cosacos rusos con largos y engominados bigotes como *hipsters*, que me perseguían con sus sables en la mano para darme planazos en las nalgas mientras me obligaban a leer, y esos lobos, que no me dieron tregua ni descanso.

Estoy al borde de un ataque de pánico. Después de comer, con la firme intención de leer, me encerré en mi cuarto con el señor Tolstói, desconecté el teléfono y la televisión y me senté en la cama.

Desperté cuando mi madre me gritó para que bajara a cenar. Tenía el libro en el mismo lugar por donde lo había tomado y, por supuesto, en el mismísimo capítulo. Así que lo único que leí fue el nombre del capítulo antes de quedarme profundamente dormido.

¡A mí no me salva ni un milagro!

Estoy temblando, creo que tengo fiebre. Si la ansiedad provoca fiebre, seré consumido por las llamas.

Martes

¡Milagro, milagro!

Oí una voz clarísima que fue como una iluminación:

—Este jovencito tiene hepatitis. Fuerte —dijo el doctor Ramírez Heredia, amigo íntimo de la familia, mientras me veía el fondo de los ojos apuntando su linterna hacia mí, como un policía que interroga a un presunto culpable.

—¿Hay que hospitalizarlo? —preguntó mamá.

—Estás amarillo. Como chino —dijo mi hermana apuntándome con el dedo.

—No. Solo medicamentos y reposo absoluto. Por lo menos, dos semanas en cama —terció el doctor mientras escribía la receta.

«¡Ya la hice!», pensé. «Lo siento, don Tolstói; otra vez será». Y una carcajada que nadie oyó se formó en mi cabeza, mientras se desvanecían en el aire los soldados, los lobos y la nieve rusa.

Dormí como un lirón toda la tarde, liberado.

ELLA

Isabel ha revuelto toda la biblioteca de casa de sus padres. Está muy enojada. Hay por el suelo montones de libros apilados o abiertos, como si una explosión hubiera ocurrido en esa casa y todo lo que hubiera dejado a su paso fuera tan solo escombros.

—¡Nada! ¡Nada de nada! No lo puedo creer —exclama en voz alta, aunque no hay nadie allí para oírla. Mientras tanto, sigue sacando de los estantes uno y otro y otro libro, revisándolos, abriéndolos por el índice, buscando una pista sin dar con lo que busca.

Lleva toda la mañana en ello, desde muy temprano, desde casi las seis. Ya son las diez y nadie ha aparecido por allí. Será que es domingo. Los domingos se sigue a rajatabla la vieja costumbre familiar de no levantarse antes de las once. No se oye ni un solo ruido en esa casa, excepto el trasiego incesante de Isabel en la biblioteca, sacando libros y tirándolos al suelo.

Si bebiera café, ya se habría tomado una jarra entera. La indignación ha subido por su rostro, enrojeciéndolo con severidad como si tuviera un salpullido.

«¿Dónde demonios están las heroínas?», piensa mientras tira un nuevo libro a la pila que se ha formado a sus pies.

Por más que le hace, de plano no las halla en ese océano de tinta y papel que crece y crece.

Ya leyó, por supuesto, *Mujercitas*. Y por supuesto, como todas las niñas que a los diez o doce años lo leyeron, ella fue Jo, y escribió para el periódico del pueblo, y logró que su novela fuera publicada pese a todas las adversidades, y se enamoró como loca del profesor inteligente pero pobre. Pero eso fue hace años; Isabel ha crecido con rapidez y espera nuevas cosas que no encuentra.

Le sigue encantando *Mujercitas*, pero jamás lo diría frente a sus amigas. No quiere que le digan «cursi», «ñoña» o «fresita». No quiere que le digan nada. Sus amigas hablan de muchachos, de besos con lengua y de idas al cine sin mamás vigilantes. Sus amigas hablan de vodka y de cigarros y algunas también de marihuana y «tachas». Isabel las escucha y asiente con gesto grave. Pone cara de circunstancia. Por supuesto que le interesan los muchachos y las idas al cine, y en su momento tendrá que probar el famoso vodka y otras cosas si quiere seguir perteneciendo a su banda. Pero eso será después, cuando le toque.

Por el momento, lo único que le importa, enfundada en su pijama de franela y roja como un camarón, es descubrir dónde están los personajes femeninos de la literatura, esos que le deberían dar respuesta a la cantidad de preguntas que se han acumulado en su cabeza durante los últimos meses y que nadie atina a contestar. En medio de tanto libro, ya le han contado sobre algunos en los que las protagonistas son mujeres: *Madame Bovary*, de Gustave Flaubert; *Naná*, de Emilio Zola; *La dama de las camelias*, de Alejandro Dumas hijo; y *Anna Karenina*, de León Tolstói. Y los cuatro, según el maestro de literatura, eran muy buenos, pero a ella le parecieron en cambio muy decepcionantes.

Es poco menos que imposible que Isabel se sienta identificada con esas señoras que vienen desde el siglo XIX cargadas de pasiones que no logra descifrar, de abnegación que no corresponde al vertiginoso correr de este nuevo siglo y de situaciones en que, de plano, por sus acciones, sirven como musas, comparsas, objetos de deseo o simples observadoras de lo que alrededor sucede, sin intervenir.

Además, todas terminan muertas ¿Quién quiere ser un personaje que muere? Aunque muera de manera heroica. Nadie, ¿verdad?

Bueno, hasta Wendy, la de *Peter Pan*, es utilizada por su condición de mujer en la novela de James Barrie. En vez de ser invitada al país de Nunca Jamás para vivir una vida de magia, aventura y misterios, para ser pirata o princesa apache, o por lo menos sirena que lucha contra tiburones y calamares gigantes, la llevan para que se convierta en la madre de los «niños perdidos». ¡Pufff!

Y hasta ahora, el resumen es trágico: Isabel no quiere ser madre, cortesana, ama de casa ni infiel; tampoco tuberculosa. Quiere encontrar un libro donde la mujer, como ella misma, sea protagonista de espectaculares sucesos. Y de plano no lo encuentra por ningún sitio.

Vicky, su hermana, no lee o lee solo aquello que le obligan en la escuela. Es lo que en términos estrictos se consideraría una «matada». Saca diez en todas las materias y no presenta exámenes al final del curso porque siempre está exenta. «El ejemplo familiar». Pero es mucho peor que eso; además, es guapa, educada y ¡flaca! Coma lo que coma, Vicky no engorda. Dice la tía Rebeca que es por su metabolismo. Isabel está convencida de que solo lo hace por fastidiarla justo a ella, que hace que la flecha de la báscula se mueva como loca por mirar un pastel de cerezas.

Y, sin embargo, se llevan muy bien, porque entre todas las virtudes de Vicky está la de ser una magnífica hermana. Le encantaría odiarla pero no puede. Siempre le está dando ánimos para adelgazar, la invita a pasear con sus amigas, que a pesar de ser solo un poco mayores se sienten las divinas garzas, y todo el tiempo le cuenta hasta sus más íntimos secretos. Le presta ropa que casi nunca le queda y comparte su gusto por el cine y las fiestas.

Pero no lee. Y eso para Isabel es algo muy importante.

Sigue buscando libros con mujeres. *Moby Dick* no cuenta porque, a pesar de lo que algunos dicen, no es ballena, sino cachalote; es *el* cachalote. Entonces, Isabel se tira, desesperada, en la pequeña montaña de libros que hay por el suelo.

«Estoy gorda. Como Moby Dick», piensa. Y ella misma comienza a carcajearse con la idea y a revolcarse entre las obras, como si nadara en un mar lleno de palabras, de magníficas palabras, aunque todas o casi todas sean de hombres y sobre hombres.

En ese momento entra su madre, en bata. La mira un largo rato mientras Isa se ríe y nada entre los libros.

Después de lo que parecería una eternidad, pregunta:

—¿Estás bien, mi amor?

Isabel grita, sorprendida. Un grito que sale de lo más profundo de su estómago. Se sienta con las piernas dobladas, como un apache, y mira a su madre. La risa todavía no ha abandonado su boca.

Su madre estudió pedagogía y da clases en la universidad. Se sienta frente a ella, como si fueran dos viejos conocidos que esperaran el momento propicio para contarse sus verdades frente a una fogata en medio del bosque.

—¿Qué pasa, hija? —pregunta.

E Isa le cuenta. Se queja con amargura de que en los libros no están esas mujeres, como ellas, con sueños, con ganas de cambiar el mundo, con fuerza y determinación. Están rodeadas de abnegadas, sumisas, comparsas, parejas, portadas de revistas. Sonrisas de anuncio de pasta de dientes. Y por otro lado, en eso que se llama «vida real», están aquellas mujeres explotadas, violadas, desaparecidas, vejadas, humilladas. Y ella sabe, por lo que ve todos los días, que el mundo es injusto y cruel con el género femenino. Por eso quiere leer y aprender y descubrir. Para cambiar algo en este lugar hostil y terrible donde le tocó vivir. Donde las mujeres caminan con miedo por las calles y cualquiera se siente con derecho para decirles o hacerles cualquier barbaridad, sin medir las consecuencias.

Su madre la escucha con inmensa atención; de vez en cuando le pasa una mano cariñosa por el pelo. Las dos están conmovidas, conscientes, llenas de sí mismas.

La mujer se levanta y va hasta uno de los rincones de la biblioteca, uno que no había pasado por el huracán de las manos de Isa.

Toma un libro viejo, amarillento, de edición barata y se lo tiende a su hija.

—¿*El capitán Tormenta*? —pregunta la jovencita sin poder ocultar la cara de sorpresa—. ¡Mamá!, hace siglos que lo leí, acuérdate de que me lo diste cuando llegó mi primo Raúl con su colección de novelas de aventuras… Salgari siempre me gustó, pero ahora es como si me dieras a leer *Heidi* otra vez; ya crecí.

La madre se encoge de hombros, saca un libro diminuto de tapas amarillas y luego le pregunta si quiere chilaquiles.

Isa la abraza como cuando era niña, enroscando la mano en el cinturón de su bata. Y se van las dos a la cocina, sabiendo que aquellos chilaquiles que se hacen en complicidad, entre madre e hija, no engordan y saben a gloria. Isa va a encontrar muchos textos que le cambiarán la vida, pero todavía no lo sabe.

Detrás queda un océano de libros abiertos en el suelo.

OTROS

No recuerda nada de lo que sucedió la noche anterior. Su cabeza es un pantano. Hay tan solo jirones difusos de ciertas caras, un auto rojo, una calle larga, un grito salido de una boca, un estallido de cristales. La memoria es un rompecabezas de más de quinientas piezas imposible de armar, y en la caja no trae por ningún lado la fotografía de muestra con la cual seguir el patrón de lo sucedido.

Todo es niebla. Hace un enorme esfuerzo por saber qué pasó y dónde está en este mismo momento; le duele el cuello una barbaridad y no puede girarlo. Tan solo ve el techo, y allá arriba, una luz de neón en el centro del rectángulo.

Le cuesta trabajo moverse, parece que está atado a la cama. De su boca sale un quejido.

—Espérate. Ahorita llamo a la enfermera —suena entonces la voz cerca de su oído, una que se parece mucho a la del tío Luis, el hermano mayor de su papá. Ese tío que solo ve en las vacaciones de Semana Santa en la casa de Tequesquitengo y en las fiestas familiares, cumpleaños, bodas, bautizos, Navidad. ¿Qué diablos hace allí el tío Luis? Es contador público.

Si fue a llamar a la enfermera, entonces está en un hospital.

Y la palabra mágica surge, de la nada, dentro de su cabeza, esclarecedora: «Chocamos...».

Intenta mover la mano derecha para tocarse la cara, que ahora mismo empieza a arder, pero no lo logra; es como si hubieran puesto su cuerpo entero en una licuadora durante largos minutos para hacer un jugo de persona. Y parece que lo han logrado. El esfuerzo es demoledor. No pasa del pecho. Y mientras lo intenta, otros muchos quejidos salen de su garganta.

—Tranquilito, tranquilito. No te muevas. Vas a sentir un piquetito... —Es otra voz, una más dulce que habla con diminutivos. Y no, no siente el piquetito. Pero en cuestión de segundos le deja de doler. Alguien apaga la luz sobre su cabeza y las tinieblas invaden la habitación. Excepto por un foquito (así, en diminutivo) rojo que parpadea en algún sitio que no logra distinguir.

Y a pesar de la oscuridad, empieza a ver todo despejado.

La fiesta de quince años de Lula. En ese enorme terreno cerca del Desierto de los Leones. Que ni está desierto, porque es un bosque, ni ha habido nunca, ni por asomo, jamás, un león. Llegó con tres amigos en un coche prestado; manejaba Héctor, el único que tiene licencia. Les juró y perjuró a sus padres que no iba a tomar nada, pero la fiesta estaba buenísima, había barra libre, no pedían identificación y, además, el que manejaba era Héctor, no él.

Así que empezó a beber algo llamado «perlas negras», una mezcla de licor de hierbas y bebida energética de color azul fosforescente. Al tercero ya estaba eufórico. Todos dicen que es el más tímido de la clase, pero en ese momento la bebida obró milagros. Se sentía indestructible, único, incluso sacó a bailar a tres compañeras a las que nunca había dirigido la palabra. Su corazón cabalgaba dentro del pecho como un caballo salvaje y desconocido.

Pero Héctor no había bebido tres, ni cinco, ni ocho, sino varios más. Nadie le había llevado la cuenta; era como si en vez de alcohol tomara aguas de jamaica. En medio de la pista de baile, a pesar del intenso frío, en algún momento incluso se quitó la camisa. Y los papás de Lula fueron a pedirle que se la pusiera de nuevo. Lo vio desde lejos, mientras seguía, frenético, el ritmo de la música.

Poco a poco, los recuerdos de la noche anterior vuelven a su cabeza como trozos de papel con pequeñas pistas que hay que ir juntando y descifrando. Ya puede mover la mano izquierda y la lleva hasta la otra, donde tiene conectado un catéter. Lo toca apenas, con curiosidad, con miedo. Sabe que por allí le está llegando al cuerpo el suero que le está devolviendo la conciencia.

La última vez que vio el reloj eran pasadas las tres de la mañana. Ahora no sabe cuánto tiempo ha pasado desde entonces, pero está oscuro. Debe ser de noche otra vez.

Siente que alguien está junto a él.

—¿Te duele? —pregunta una voz de mujer joven.

—Sí. Pero menos —contesta—. ¿Qué pasó?

—Un accidente de coche. —Y la escucha claramente buscar algo en un cajón, que abre y cierra en segundos.

—¿Mis amigos?

—No puedo decir nada. Tienes que esperar a que llegue alguien de tu familia.

Sacando fuerzas de algún recóndito lugar de su entraña, intenta incorporarse en la cama. Pero las manos concluyentes de la enfermera lo sujetan por los hombros y lo ponen de nuevo sobre las sábanas.

—No, no, no —dice la mujer con voz suave, como si hablara con un cachorrito que estuviera a punto de mear sobre la alfombra.

Una punzada de dolor lo recorre entero, hasta la punta de los pies. Siente entonces la cánula clavada en el dorso de la mano derecha.

—¿Cuánto llevo aquí? ¿Dónde estamos? ¿Cómo se llama? —Dice la batería de preguntas sin tomar aire. La enfermera, por un extraño designio, le contesta todo pero al revés.

—Soy Mariela; estamos en la Cruz Roja; llegaste anoche, así que ya vas para 24 horas.

¡24 horas! Y no ha llegado nadie de la familia. Seguro están tan enojados que lo han abandonado a su suerte en el hospital. Solo han mandado al tío Luis para que se haga cargo de las cuentas.

Y ni siquiera está seguro de que fuera él. Fue una voz de alguien, un hombre. Se lo merece, piensa un instante. Y al instante siguiente piensa también que no se lo merece; al fin y al cabo, no tiene la culpa de nada. A lo más, de haber bebido como loco y sin permiso.

Se abre la puerta de la habitación. Pasos apresurados. Escucha el llanto de su madre y el rugido contenido de su padre, que entra detrás de ella. La enfermera da unos cuantos pasos hacia atrás, como si hubiera entrado al cuarto una manada de lobos. Dice obvia:

—Ya llegaron tus papás. Los dejo. —Y sale deslizando los pies, que van enfundados en esos zapatos blancos casi ortopédicos que distinguen a las enfermeras de la Cruz Roja mexicana.

Inmediatamente percibe el perfume dulzón que usa su madre y que tiene el efecto secundario de ponerlo de pésimo humor. Pero no es el momento. Intenta una tímida sonrisa. Dentro de su pecho todo se tranquiliza por un ensalmo mágico. Se siente protegido.

—¡En qué *chingaos* estaban pensando! —suelta sin más el padre del muchacho, dejando caer la chamarra, que se quita rápido y violento, sobre una silla.

—¿Cómo te sientes, mi amor? —pregunta su madre, siguiendo el guion no escrito que utilizan todas las madres del mundo cuando miran a su hijo en una cama de hospital. Y le pasa una mano cálida y amorosa por el pelo.

Está a punto de comenzar a narrar lo sucedido, lo que recuerda de lo sucedido, cuando su padre lanza entre bufidos una perorata. Una que solo escucha a medias.

—… y venimos del ministerio público, donde querían fincar responsabilidades por daños a la nación… ¡Por un semáforo, hazme el favor! Encontraron dos botellas de ron abiertas dentro del coche… Todos ustedes son una partida de irresponsables… El coche quedó hecho mierda… Menos mal que están vivos… Te advierto que no vuelves a salir de noche hasta que cumplas los treinta… ¡A estudiar y punto! Nos va a salir tu chistecito en un ojo de la cara… Bonito ejemplo para tus hermanas…

Y de todo lo dicho, una frase que parece hecha de oro se queda bamboleándose, amable, como un barco amarrado en el muelle: «Menos mal que están vivos». Eso quiere decir que los tres están tal vez maltrechos, como él, pero vivos. Héctor, Carlos, Alberto.

Una enorme urgencia de mear lo asalta. Siente la vejiga a punto de estallar, como si llevara años sin hacerlo. Mira a todos lados, suplicante. Se lleva una mano, la que menos duele, hasta sus partes. ¡Una sonda! ¡Gracias, Cruz Roja!

Su padre sigue hablando sin parar. De repente sus ojos se encuentran de frente con los de él. Un chispazo de luz, de reconocimiento, de empatía. Se queda súbitamente callado. Su padre cambia el tono, lo suaviza.

—Te vamos a sacar de aquí. Tienes como siete fracturas. Las costillas, una pierna, el hombro, moretones hasta en la planta de los pies. ¡Estás vivo de milagro!

«Estamos vivos», piensa el muchacho sobre la cama de hospital.

—Ustedes beben sin medir las consecuencias. En cuanto se echan unos tragos se sienten superhéroes. Casi siempre son buenos muchachos, pero con el alcohol se convierten en *mister* Hyde…

—*Mister who?* —pregunta el adolescente.

—¡Por supuesto! ¿No has leído *El extraño caso del doctor Jekyll y mister Hyde*, ¿verdad? Yo, a tu edad…

No, no lo ha leído.

Pero lo hará en cuanto pueda. Está vivo.

Ahora, lo único que le importa es sentir la mano de su madre pasándole por el pelo una y otra vez, como cuando era pequeño.

Incluso ya le gusta, como nada en el mundo, su perfume dulzón.

ÉL

Está destacado en la barricada de la calle de Saint-Denis.

Es de noche. Llega un aire fresco desde el Sena. Han encendido un fuego con una puerta de madera despedazada y, sobre la lumbre, se están asando tres pollos que ha traído una mujer con un mandil ensangrentado, a la que le faltan varios dientes.

Corren rumores acerca de que han caído un montón de compañeros a lo largo y ancho de París.

Incluso de que se han usado cañones contra las barricadas, sin importarles un bledo que del otro lado hubiera niños, ancianos, mujeres. El sueño de libertad se ha convertido en una pesadilla sangrienta. No se lo imaginaban ni por asomo: todos creyeron que los militares se pondrían del lado del pueblo, pero no es así, ni por un momento ha sido así. Partida de ingenuos.

Excepto por la guarnición de la Gare du Nord, que aportó a la revuelta casi cuarenta mosquetes y seis barriles de pólvora, el resto de la milicia sigue con sus uniformes puestos y su paga mensual asegurada. Y van recorriendo uno a uno los barrios, buscando focos de resistencia y aniquilándolos por completo.

Él lleva todo este tiempo sin comer. Pero no le importa: se alimenta con las canciones, el trasiego, las fogatas, la llovizna, el perfil de las gárgolas de los viejos edificios parisinos, las estatuas, los juegos de cartas, los ojos

41

brillantes de los oradores que hablan de un futuro brillante, las caras manchadas de tizne de los niños que persiguen ratas con resorteras, como la de David el de Goliat, entre las manos.

Tiene dieciséis años, pero ha pasado de ser un adolescente esmirriado y triste, huérfano de madre, ladronzuelo de poca monta, a un hombre hecho y derecho, fuerte, resplandeciente. Lleva una pistola de chispa en la cintura y un cuchillo corto escondido en la bota derecha. Sobre su cabeza de rizos rebeldes, un maltrecho gorro frigio rojo.

Nadie sabe cómo se llama, y él no lo dice. Prefiere el apelativo común de estos días y estos tiempos, ese que hace a todos más iguales: «ciudadano». Y hoy, defendiendo esta barricada, es un orgulloso ciudadano parisino.

Está enamorado de Juliette, la hija del pescadero de su barrio, que tiene tan solo un par de años más y sin embargo parece avejentada. Está muy pálida, llena de moretones en los brazos, lamparones de grasa y hollín en las mejillas; lleva una mano vendada con un trozo de su propia blusa que alguna vez fue blanca. El pelo, recogido en una cola de caballo. Los ojos azules que se han vuelto grises, llenos de espanto.

Justo ahora la está viendo, embobado, perdido en su cintura; ella atisba hacia la calle desde un agujero que hay entre el montón de sillas, tapetes, cortinas, tinas de latón, mesas y árboles con los que se ha construido el parapeto que los separa de la milicia. Todo el mundo piensa que es cuestión de horas para que carguen, con toda violencia y sin contemplaciones, contra ellos.

Alguien le pasa un muslo de pollo asado y un trozo de pan recién hecho. Mira el prodigio entre sus manos como si fuera imposible, como si estuviera en su sueño. Mordisquea los dos al mismo tiempo. La boca se le llena de gloria.

Mira hacia arriba, al cielo de París, donde deberían estar las estrellas y, en cambio, un humo denso, acre y continuado le impide verlas.

—Los incendios —corrobora Gavroche a su lado, mirando también hacia el cielo y oteando el aire como un pequeño animal que sabe que está en peligro.

Tiene razón ese niño, que es ya todo un símbolo de la resistencia y que corretea entre las barricadas llevando vendas, comida, consuelo y esos dos *ojos que arden con el mismísimo fuego que hoy consume a la ciudad. El humo proviene de las casa incendiadas a su alrededor, los focos de resistencia que se van consumiendo como astillas lanzadas con descuido a una hoguera. Lo más fácil sería desistir, salir como si nada por las cloacas o uno de los callejones laterales, igual que una rata. Hacerse el desentendido, pasar por entre los militares con la cabeza gacha y cara de «¡Vaya por Dios, estos republicanos están locos!».*

Pero no lo hará por nada del mundo. Esta es una guerra a muerte y él, como todos los que están allí, lo sabe a ciencia cierta. No tiene nada que perder excepto tal vez la dignidad, esa que se ha ido ganando a pulso al paso de las horas. Hoy es 6 de junio de 1832. Y se siente como un viejo al que le hubieran caído encima, en tan solo 24 horas, todos los años del mundo.

Se escucha un estruendo lejano. Las paredes de las casas se mueven perceptiblemente. De algún techo cae el hollín acumulado de las últimas horas. Algunos gritan.

Marius, otro joven rebelde, pone sobre su boca un dedo índice, exigiendo silencio.

Un nuevo estruendo se escucha, esta vez más cerca.

—Están usando artillería. Tal vez una bombarda —dice Guillemin, el exsargento que tan solo un año antes combatía del lado de los monárquicos.

—Si es así, estamos perdidos —decreta solemne Marius.

La mañana anterior, todos habían estado en el funeral del general Lamarque, símbolo extraño de esa nueva república que todos anhelan, pero que nadie se atreve a construir. Pasando por el puente de Austerlitz, las tropas monárquicas cargaron contra la muchedumbre.

Mientras come el pollo y el pan y ve pasar por sobre su cabeza las nubes negras, piensa que la eternidad ha pasado en un solo día.

Y ha visto con lágrimas en los ojos cómo la república, ese sueño, está siendo reducida, calle por calle, a cenizas.

Y en esta barricada, ellos están luchando por todos.

Gavroche llega hasta él, acuclillado. Le habla al oído.

—Están muy cerca, a menos de un kilómetro; cayeron heroicamente Belleville y Ménilmontant. Somos los últimos.

Él deja caer el trozo de pan mientras se le hace un nudo en la garganta.

Cada vez más cerca se escuchan los cascos de los caballos como minuteros enloquecidos de un centenar de relojes que fueran más deprisa de lo habitual.

Muy pronto el sueño se volverá una dramática pesadilla.

—¿Te lo vas a comer? —pregunta su hermano menor señalando el pan dulce sobre la mesa.

—No —responde él—. No tengo hambre. —Tiene prisa.

Los miserables, de don Víctor Hugo, lo espera en su habitación.

Muy pronto sabrá sí Jean Valjean, Marius y Gavroche sobrevivirán en la barricada de la calle Saint-Denis, en la heroica y republicana ciudad de París.

La Ciudad Luz.

YO

Me voy reponiendo con lentitud. Esto de la hepatitis es una verdadera joda. Te sientes como si hubiera pasado por encima de ti un camión cargado de cemento. Cada vez que voy al baño, las piernas se me hacen de chicle y tengo que detenerme del lavabo. La orina sale de un color naranja-zanahoria con el que nunca te atreverías a pintar una pared. Dice mi madre que es por la medicina. Yo digo que es una maldición.

Ya estoy harto de los caldos de pollo, y solo llevo cuatro días en cama. Me van a salir plumas y el único trabajo que conseguiré siendo adulto será el de «anuncio viviente» como botarga de pollo bailarín afuera de una rosticería.

Vino a verme mi amigo Carlos. Y me hizo una confidencia terrible. Primero volteó hacia todos lados, a pesar de que estábamos solos en mi cuarto; luego se me acercó al oído.

—¿Sabías que, teniendo hepatitis, si te mueves de la cama te quedas impotente? Te deja de funcionar el pajarito —me dijo con voz temblorosa y premonitoria señalando con un dedo hacia las sábanas que me cubrían.

—¡No *mamsssssss*! —grité, incorporándome, para inmediatamente dejarme caer sobre la almohada, aterrorizado.

Carlos se fue y yo me quedé como una estatua de sal, sin atreverme siquiera a sacar la mano de entre las sábanas para rascarme la nariz. Mi vida sexual ni siquiera ha empezado, y la perspectiva de no tenerla jamás es sin duda una posibilidad terrible a la que por ningún motivo me expondría. Si alguien se hubiera dignado a aparecer por mi cuarto durante las siguientes dos horas en las que estuve solo, hubieran visto la perfecta imitación de Tutankamón (momia, obviamente), sin sarcófago y sin siquiera pestañear.

—¿Estás bien? —preguntó papá a la hora de la comida.

—Sí —dije con un hilito de voz, pero sin moverme un ápice.

Lo vi de reojo salir de la habitación y lo oí hablar con mi madre en la puerta, en susurros.

No podía decir nada; era algo demasiado íntimo y terrible como para andárselo confesando a los adultos, porque ellos, de estas cosas, difícilmente hablan contigo. Todo lo que tiene que ver con el sexo se mantiene bajo un velo sutil; mejor dicho, bajo las sábanas, y de allí hacia afuera ni siquiera se pronuncia la palabra en voz alta. Y cuando se quiere decir algo al respecto, usan eufemismos como «tener relaciones», «acostarse», o la peor de todas: «encamarse». Yo tengo relaciones con montones de personas todos los días y no por ello me acuesto con ellas. Y llevo encamado cuatro días enteros y puedo decir que no es ni tan divertido ni tan apasionante como por lo visto debería ser.

Aprendí hace poco lo de los eufemismos, déjenme contarles porque es divertidísimo. Lo explicó la maestra de Civismo. Dijo: «Un eufemismo es una palabra o expresión que sustituye a otra considerada de mal gusto o inaceptable socialmente. Viene del griego *euphemo*, que significa "favorable/bueno/habla afortunada"». Y puso algunos ejemplos de cómo debíamos y no debíamos hablar.

Mencionó que de los borrachos se debe decir que están «pasados de copas»; cuando alguien se muere, es que «pasó a mejor vida»; un ciego es un «débil visual»; un gordo pasa a ser «robusto» mágica y eufemísticamente; cada vez que «neutralizan» a alguien, sencillamente quiere decir que lo mataron…

Me parece ridículo. Las palabras que describen perfectamente a lo que uno se refiere están allí; para eso fueron creadas y si ofenden a alguien, pues lo lamento. ¡Cuánto miedo se les tiene a las palabras!

Por eso yo prefiero, sin duda, decirles «viejos» a los viejos y no «adultos mayores», llamar «invasiones» a las «intervenciones»; pobres a los «económicamente débiles», y «mojigata» a mi maestra de civismo.

De pronto, el que entró a mi cuarto de golpe y sin avisar fue «el galeno», el médico de la familia de toda la vida.

Y después de un largo interrogatorio, me sacó la sopa. Y se murió de la risa.

—Eso es una leyenda urbana, una soberana tontería. Puedes moverte todo lo que quieras, sin excederte porque estas débil, pero te juro que por ningún motivo te quedarás impotente. No te preocupes.

Intenté que me lo dejara por escrito para posibles y futuras reclamaciones, pero se negó de plano.

—Tienes mi palabra —dijo. Y yo no tuve más remedio que creerle porque es un profesional y buen amigo. Pero antes le hice jurar que no diría nada al respecto. Y cumplió. Cuando alguien empeña su palabra, con ella está empeñando su honor, que es de las pocas cosas de las que uno debería sentirse orgulloso hoy en día.

Así que empecé a moverme por la casa, lentamente, asomándome de vez en cuando a los pantalones de la piyama para ver si todo seguía en orden allá abajo.

Tenemos cable en casa, por lo cual disponemos de un montón de canales de televisión de todos los colores y sabores al alcance del control remoto que no suelto para nada. Canales de películas, de cocina, de documentales, de telenovelas, para niños, para adultos (pero esos no se pueden ver porque cobran y porque mi padre me mataría cuando llegara la cuenta). Y a pesar de tener tantísimos canales, a los tres días yo ya estoy aburrido como ostra; así dice mi abuela y lo entiendo. La ostra está metida todo el día dentro de su concha sin poder salir y sin poder moverse; come lo que el mar le acerca y ni siquiera me atrevo a imaginar cómo debe ser su relación con otras ostras. Las ostras no tienen celular y no pueden enviarse whatsapps. Y, sin embargo, me imagino una conversación entre dos jóvenes y aburridas ostras, separadas por más de cien metros de corales.

«Ola k ase?», escribe la ostra Uno.

«Aki. Npn. We», contesta la Dos.

«De wev».

«WTF!!!».

Y a pesar del intenso e incomprensible diálogo, como el que mantienen mis amigos todos los días por medio de sus celulares, nada cambió en la vida de las dos ostras, que no se movieron ni un centímetro de su sitio y a las que no les queda más remedio que seguir aburriéndose como lo que son.

Yo soy una ostra. En la tele están pasando un documental sobre salmones y el terrible viaje que tienen que hacer, río arriba, para desovar. En el camino los esperan un montón de osos hambrientos que se los van comiendo tan fácilmente que parece un bufé de esos chinos donde te puedes servir lo que quieras las veces que quieras, hasta hartarte.

Los salmones (¿no serán las salmonas?) terminan agotados echando su hueva en lo alto del caudaloso río, o comidos finalmente por los osos.

Así me siento, agotado a pesar de llevar un buen rato echando la hueva. Afortunadamente en mi colonia no hay osos ni ríos caudalosos, porque ya habría pasado a mejor vida.

He revisado uno a uno los canales de la televisión sin encontrar nada que me emocione. Así que la apago y me pongo a ver el techo. Ni siquiera tengo la posibilidad de molestar a mi hermano porque él sí va a la escuela. Desde que se enteró de que la hepatitis se contagia, no para de darle sorbos a mi vaso o chupar mi tenedor para intentar caer enfermo como yo y pasarse el día en cama. Pero mamá lo descubrió y le puso una gritoniza de miedo. Le advirtió que si se enferma, lo van a mandar de «convalecencia» (¡qué palabrita tan dominguera!) a casa de los abuelos, así que se detuvo inmediatamente ante la posibilidad de echarse un mes en esa casa que huele a viejo, a moho, a cosas encerradas.

¿Por qué será que cuando se envejece todo alrededor huele agrio? Como si nos fuéramos «pasando» como frutas.

Sigo mirando el techo, intentando encontrar imágenes que no aparecen por ningún lado. Acaban de pintarlo hace poco y las manchas de humedad que me acompañaron durante tanto tiempo y en las que podía verse un perro meando en un árbol (más o menos), un enanito corriendo, una pareja besándose y muchas otras cosas, han desaparecido para siempre. Ahora, todo es blanco parejo y aburrido. Tan aburrido como yo mismo.

No hay señales de vida. Estoy solo.

Y de repente, mirando hacia mi izquierda, hacia la mesita de noche, veo un libro de pastas azules.

Y me digo a mí mismo: «¡Güey, ya quieren que me ponga a hacer un reporte!».

Por ningún motivo, jamás de los jamases. Me acabo de librar del señor Tolstói hace apenas un rato, y ¡estoy enfermo!

¿Qué no entienden? No voy a leer, no voy a tener pesadillas, no voy a escribir reportes, no quiero ni ver de lejos la escuela.

Voy a quedarme en mi cama, quietecito, echando la hueva como los salmones.

Al fin y al cabo, no hay osos a la vista.

ELLA

Isa hojea la revista lentamente. Alguien la dejó descuidadamente en la mesa de la cocina y la lista de posibles culpables se reduce a su hermana, su madre o Gloria, la muchacha que las ayuda tres veces por semana. En las fotos salen montones de modelos flacas vestidas con ropa para flacas. Todas tienen piernas larguísimas, brazos larguísimos, talle larguísimo y pómulos pronunciados. Isa piensa que son demasiado flacas, que parecen enfermas. Hay una foto en particular en la que se detiene unos minutos. Una rubia más delgada que el resto, en ropa interior de color negro, mira hacia la cámara lánguidamente. Detrás de ella hay un árbol sin hojas y el fondo es blanco e inmaculado. Parece que es una princesa de cuento que acaba de escapar de un ogro sátiro y malévolo de las profundidades del bosque que la hubiera tenido encadenada durante años para satisfacer sus más bajos instintos. Y por supuesto, sin darle nada de comer durante todo el cautiverio. La chica es puro hueso.

Isa se ríe para sus adentros. Eso de construir historias dentro de su cabeza a partir de una imagen es, sin duda, uno de sus deportes favoritos. Lo hace todo el tiempo.

Inventa el origen de cosas y personas y les propone fantásticas versiones para alejarlas de la triste realidad. Por ejemplo, su sacapuntas plateado y aparentemente sin chiste, que siempre está rodando de un lado para otro dentro de la mochila, es un microtransmisor chino de alta frecuencia, con el cual se captan todas las conversaciones de su clase; estas, luego de ser grabadas, se transcriben en mandarín en un sótano de la Ciudad Prohibida de Pekín. En ese sótano hay siete chinitas de uniforme color gris con boina roja, todas idénticas, que graban, escuchan y escriben lo dicho a miles de kilómetros de distancia, frenéticamente, en viejas máquinas Olivetti de rodillo y luego sacan las hojas y las ponen bocabajo en una mesita que tienen a su lado. A su alrededor tienen cientos de legajos unidos por cintas de colores que llevan el puntual registro, día a día, de lo que Isa y sus amigas dicen todo el tiempo. Al atardecer, una de las chinitas lleva el legajo de papel más reciente hasta otro cuarto y lo entrega ceremoniosamente, dando un taconazo en ese momento solemne en el que lo pone en sus manos, a la que debe ser la jefa de todas, una china alta y bella que no lleva uniforme y que tiene en la mano un marcador de color verde.

Ella se sienta en un taburete con cojines y va leyendo las conversaciones del día mientras bebe té de jazmín. Y subraya algunas frases con su marcador. Pocas, solo de vez en cuando. Pero sonríe mucho al enterarse de que Andrea ya dio su primer beso, que Isa no encuentra el vestido apropiado para su fiesta de quince, que Lola tiene una infección en sus partes íntimas, que Ingrid quiere divorciarse de sus papás porque no le dejan ponerse faldas muy cortas…

Pero la verdad en todo este complicadísimo asunto no es saber los secretos de unas cuantas jovencitas de una clase de secundaria al otro lado de la tierra. Las frases que subraya son utilizadas posteriormente para convertirse en esos mensajes, raros y que muchas veces no se entienden, que salen dentro de las galletas de la suerte que te dan de postre en los restaurantes chinos de todo el mundo.

Y sabiendo ese terrible secreto, Isa desliza en medio de las conversaciones con sus amigas, por lo menos una vez al día, frases grandilocuentes como: «La voluntad y la perseverancia te ayudarán a cumplir todas tus metas», o «El destino se aclara dando el primer paso», o «Aunque la gorda se vista de satín azul, gorda se queda». Pero por más que se esfuerza, nunca ha encontrado uno de sus mensajes en los papelitos que salen en las galletas chinas. Tendrá que esmerarse y hallar las palabras precisas que describan a la perfección todo lo que siente y le abruma para poder mandar el mensaje preciso a otras como ella, en cualquier rincón del planeta, que sienten que no caben en ninguna parte, ni siquiera en su cuerpo, que ella considera extremadamente voluminoso aunque no lo sea.

Tiene, junto a la revista de las modelos esqueléticas, su desayuno: media toronja y una *omelette* de claras de huevo con ejotes. Eso debe ser lo que come todos los días de su vida la pobre chica semidesnuda que ha huido del monstruo y que ahora la mira desde la fotografía.

Isa se levanta de la mesa, va hasta su cuarto y vuelve con un trozo de papel arrancado de su cuaderno, un plumín azul y un lápiz adhesivo. Escribe meticulosamente un anuncio y lo pega en la revista, bajo la fotografía: «Adopta una modelo. Informes al 01800 90 60 90». En el fondo, lo que siente por la chica que mira hacia la cámara es una tremenda lástima.

Falta poco para la fiesta y la báscula no miente. Y no puede vivir a base de medias toronjas y *omelettes* de claras de huevo, eso no es comida. Da un largo suspiro. ¿Quién demonios decidió que la única manera de admirar la belleza es con una cinta métrica en la mano?

Hace poco, Isa descubrió en una enciclopedia de arte un cuadro maravilloso: *La fiesta de Venus*, del pintor alemán Peter Paul Rubens. Y tanto Venus como las ninfas y las mujeres comunes y corrientes que en él aparecen son todas robustas, rotundas, bien hechas.

No hay ni una sola flaca.

Los parámetros para medir la belleza han cambiado enormemente desde que lo pintó en 1635. Y le queda claro que no existen (¡chin!) máquinas del tiempo con las cuales volver a esa era y poder andar por la calle mientras todos silban a tu paso. Pero ni entonces ni ahora los hombres, que son bastante brutos, se fijan en lo más importante que hay en las mujeres, que no son sus caderas, sus senos o sus piernas, sino lo que tienen dentro de la cabeza, su capacidad para encontrar la belleza, para hacer posible lo imposible, para romperse el alma o el corazón con cada acción emprendida, para mostrar al mundo que en la diferencia se encuentra la igualdad. Lo sabe y lo tiene clarísimo, y es tan fácil como explicarlo con peras y manzanas, como dice el profesor Tapia. Sin embargo, en la práctica es dificilísimo ser manzana entre peras. Todo el mundo te mira de una forma rara. Lo mejor, desde su punto de vista, es parecer pera como todas las demás, comportarse como pera, vestirse como pera, hablar de las cosas de las que hablan las peras, pero sin dejar de ser manzana. Sabe que hay muchas otras como ella y sabe también que algún día no muy lejano llegará al fin la venganza de las manzanas y del resto de la frutería y podrán hablar unas con otras desde las diferencias y no desde la moda y lo establecido.

Y sin embargo, el pinche vestido de la fiesta de quince años le sigue quitando el sueño, porque en el fondo no se trata de una fiesta ni de un vestido; se trata de encajar, de ser como todos.

No, no, piensa; tan solo se trata de parecer que es como todos. Porque a ella le gusta ser diferente. Le gusta buscar en los libros y en la vida diaria a aquellas en las que inspirarse y oír atentamente las cosas que tienen que decir, pero sin dejar de tener dentro a Isa, lo que sueña Isa y lo que Isa siente. No pretende para su futuro encontrar a un hombre que le solucione la vida con dinero, y ella ser ama de casa, tener hijos y pasar la mañana en la peluquería pintándose las uñas de los pies. Quiere ser una profesional hecha y derecha. Cambiar el mundo mientras evita que el mundo la cambie a ella.

Pero por el momento necesita caber en un vestido de pera; tener, durante una noche tan solo, a un príncipe de alquiler con el que bailar y salir en las fotos y el video; parecer, encajar, dejar de ser la gordita de la que se ríen y a la que le hacen *bullying*. ¿Es tan difícil?

Terminó de leer *Casa de muñecas*, de Ibsen, que encontró revolviendo en la biblioteca. No está nada mal. Por fin una heroína. Nora es valiente, audaz, decidida. Podrá estar alejada en el tiempo, pero apostaría que muchas amas de casa de hoy darían lo que fuera por poder hacer lo mismo.

No se trata una historia de amor, pero eso es lo de menos; tampoco es lo que estaba buscando.

Estaba buscando su reflejo.

Y en esa búsqueda sigue empeñada.

Ni las modelos de la revista, ni las que buscan emanciparse de los hombres; ella sabe quiénes son y para qué sirven.

Habrá que seguir buscando, tercamente.

DAÑOS COLATERALES

«El amor es un pájaro ciego que anida en las fauces del tigre».

El joven poeta lee y relee el final de su texto con la pluma en la mano, saboreándolo. Mirándolo brillar por sí mismo en la hoja del cuaderno verde del que no se separa nunca. Es sonoro y tiene un buen remate, una poderosa metáfora para describir lo que en estos momentos siente. Que no es más que esa sensación de ahogo permanente que significa el amor, ese salto sin paracaídas al abismo, ese estar y no estar, ese terremoto devastador que sucede dentro de la cabeza y el pecho, esas piernas que se vuelven quebradizas y no podrían siquiera sostener el peso de una mosca. Esa fragilidad, esa transparencia, ese insomnio.

Porque así es su relación. Ni más ni menos que eso. Por voluntad propia, abandonarse y cerrar los ojos mientras se camina por una cuerda floja puesta en lo más alto de la carpa del circo; el saber que, en cualquier momento, el tigre puede cerrar la boca y destrozarnos. Y él, pájaro ciego por decisión, es ese que se acurruca en el vendaval y espera que no llegue el naufragio.

O al revés, que espera con ansias el naufragio para saber de qué material está hecho, para sentir en carne propia la sinrazón loca de la espera, de la urgencia, de la euforia y el desánimo, de las lágrimas que se mezclan con carcajadas cuando uno menos se lo espera. La muchacha que lo trae por la calle de la amargura, como dicen que se dice, lo trata con condescendencia y al mismo tiempo con una exigencia áspera y puntual que no admite excusas.

Él, aspirante a poeta de diecinueve años, de Acapulco, ese paraíso que en los últimos tiempos se ha convertido en una tierra de nadie. Ella, aspirante a pintora de dieciocho que parece flotar mientras camina, con una melena rojiza y larga que se revuelve con el viento y sus faldas largas y vaporosas venidas de otros tiempos. Se conocieron en un recital de Julián Herbert en la Casa de la Cultura; estaban sentados juntos en la primera fila, casualmente, teniendo entre ellos a ese visitante incómodo que se llama destino. Fue justo cuando Herbert comenzó a leer al micrófono su *Don Juan derrotado*.

> *Todas mis mujeres quieren estar con otro.*
> *Me abandonan por un adolescente,*
> *alaban a su esposo mientras yo las estrecho,*
> *se van con periodistas,*
> *con autistas,*
> *con rubios bien dotados, con guerreros*
> *y cantantes venidos de ultramar.*

En ese momento, la chica lo tomó de la mano sin premeditación, ni alevosía, ni ventaja, casi sin querer, tal vez solo por sentir otra tibieza, por alejar la soledad, por hacer de la poesía ese espacio que inevitablemente tiene que ser compartido para que la magia funcione.

Primero, una corriente eléctrica, un galope de corazón; luego, esa curiosa, insólita sensación de paz en tiempos de guerra. Ella olía a manzanas. La Casa de la Cultura se llenó no solo de palabras, sino más bien de ella, de las manzanas mordidas a dentelladas que iba desprendiendo a cada paso.

Desde hace año y medio no se sueltan. Han visto montones de atardeceres de colores insólitos. Dos pájaros ciegos anidando bajo la tormenta de balas desatada en el país que no tiene visos de escampar. Una receta para el desastre, un sonar de trompetas, una sonrisa en la cara que, de tan repetida todos los días, parece un tatuaje. Un tatuaje indeleble hecho por un artista de primera, de esos que dicen todo con ver las líneas que lo trazan. Un certificado que si pudiera leerse diría: «¡Felicidades, usted está vivo!».

El joven poeta sale del taller de la Casa de la Cultura; está lloviendo, uno de esos aguaceros torrenciales del trópico que empiezan sin previo aviso y que forman cortinas de agua impenetrables alrededor de los cuerpos y las cosas. Habían leído cinco o seis compañeros antes que él, todos mayores. El éxito no se mide en aplausos, se mide en sonrisas cómplices. Él lo sabe y le tocaron un montón cuando terminó su texto, que de haber sido una foto, en ella podría verse, clara, nítidamente, a una muchacha pelirroja con los pies descalzos en la arena, con el mar al fondo y el viento de la tarde esparciendo un incomprensible olor a manzanas donde no las ha habido nunca. Recibió en silencio las sonrisas y la aprobación de sus compañeros bajando un poco la cabeza, también un tanto avergonzado por andar enseñando impunemente lo que uno trae dentro. El tallerista, maestro y laureado escritor que va desde la Ciudad de México hasta Acapulco una vez cada quince días, estaba contento del avance de sus pupilos. Como cereza del pastel, antes de irse de nuevo, les leyó el «Llanto por la muerte de un perro», de Abigael Bohórquez, ese maravilloso, lúcido poeta que nació en Sonora y que merece ser recordado por todos. Porque un país que olvida a sus poetas merece ser olvidado, también para siempre.

Hoy me llegó una carta de mi madre
y me dice, entre otras cosas: —besos y palabras—

> *que alguien mató a mi perro*
> *«ladrándole a la muerte,*
> *como antes a la luna y al silencio,*
> *el perro abandonó la casa de su cuerpo,*
> *—me cuenta—,*
> *y se fue tras de su alma*
> *con su paso extraviado y generoso*
> *el miércoles pasado».*

Está lloviendo más, violenta, tropicalmente; una cortina de agua le impide moverse de su sitio. Bajo la cornisa de la Casa de la Cultura mira cómo pasan los coches y empapan a los que se guarecen de la lluvia con el agua que se ha ido acumulando en la calle como un río.

Si no fuera cursi, diría que está enamorado de la pelirroja como un verdadero imbécil, pero un poeta no puede permitirse esos requiebros, no puede decir que babea, que lo traen de un ala, que cachetea las banquetas cada vez que la ve. Prefiere pensarse a sí mismo como el pájaro de su último verso.

Salen siete jóvenes de las sombras chapaleando en los charcos, riéndose. Dicen algunos que son parte de una pandilla. Él no lo sabe. También le gustaría reírse, como ellos, a carcajadas mientras el agua parece querer ahogar a todos, borrar de la faz de la tierra los rastros de una civilización que se derrumba.

Una camioneta negra pasa por la calle bajo la tempestad, que sigue sin dar tregua. Se abre la ventana de atrás y asoma el cañón de una ametralladora. Las ráfagas van dirigidas a los jóvenes que vienen caminando.

Él es solo un daño colateral, como otros muchos. Se convertirá en un número más de la estadística.

Un pájaro ciego, muerto en mitad de la tormenta.

Repentinamente, un olor a manzanas invade el aire. El cuaderno verde flota en el agua mientras las palabras de tinta azul van desapareciendo lentamente.

ÉL

«No debería sentir nada. Ni odio, ni amor, ni piedad, ni angustia, ni celos, ni deseo, ni rabia, ni asombro, ni sorpresa. Pero lo siento. Siento todas y cada una de esas pasiones y emociones aparentemente reservadas para algunos. Los elegidos». Piensa y repiensa dentro de su cabeza mientras intenta dar con las palabras correctas para contestar lo que le preguntan en voz alta en este instante. Él está sentado en la mesa del fondo de un sórdido restaurante chino que huele a calamares fritos y salsa agria de jengibre y vinagre de arroz. Frente a frente tiene a un cazador que sostiene en la mano derecha una pistola y la esconde debajo de una servilleta de tela que no ha sido lavada en varios meses. Sabe que en cada respuesta le va la vida y, sin embargo, le sostiene la mirada desde unos ojos azul acero que parecen capaces de traspasar al hombre que lo observa.

—¿Qué harías si un niño cae desde el balcón de un tercer piso y tú estás en la calle, justo abajo? —pregunta el cazador con sorna, maliciosamente, esperando que falle la respuesta para liquidarlo.

—¿A dónde estoy viendo en ese instante? —responde él tranquilamente, sin desviar un ápice la gélida mirada.

El cazador se impacienta, resopla; no esperaba una pregunta por respuesta. Eso no viene en ninguno de los manuales que ha leído concienzudamente desde que decidió dedicarse a este oficio.

—No lo sé. Estás mirando a la derecha. ¿Qué importa? ¡Contesta! —se impacienta el cazador, rozando un poco el gatillo.

—Importa —dice él, levantando el vaso de agua y llevándoselo a la boca, haciendo una pausa que parece eterna en una situación terrible como en la que se encuentra en ese momento. Se aclara la garganta y continúa:

»Si estoy mirando a la derecha estaría viendo la bocacalle. No habría ninguna posibilidad de hacer nada porque seguramente el niño hipotético del que me pregunta estaría en el aire, cayendo.

El cazador se sulfura y le pone la pistola a escasos centímetros del pecho. Está a punto de dispararle. Duda. Retira la mano, envuelta en la servilleta que tiene manchas ancestrales. La prueba Voight-Kampff tendría que llevarse a cabo en situación controlada, con el brazo del sospechoso conectado a una máquina, y las preguntas tendrían que ser más abstractas, no la estupidez que se le ocurrió en ese momento y que no deja clara la situación ni confirma para nada su sospecha. Tendrá que llevarlo a la comisaría.

—Apelando a la ordenanza 345-B de la Ley General sobre responsabilidades y limitantes de la actuación de entes no humanos, tendrá que acompañarme —dice, recitando de memoria—. Tiene derecho a la asistencia de un abogado. Si carece de él, el Estado le proporcionará uno, siempre y cuando usted entre en el supuesto de ente biológico darwiniano. En caso contrario, podrá ser «retirado» en cualquier momento por mí u otro agente de la ley. ¿Comprende?

—Comprendo —asegura, mientras toma un tenedor que hay sobre la mesa y, con una rapidez increíble, se lo clava a sí mismo en el dorso de la mano, retirándolo inmediatamente; en la piel aparecen cuatro puntos rojos que comienzan a sangrar.

El cazador se levanta de su sitio; la servilleta cochambrosa se ha caído y deja ver en todo su esplendor la inmensa pistola que empuña. Ahora todos los comensales miran el drama que sucede en la mesa del fondo del local, en un silencio reverencial.

—¿Por qué hizo eso? ¿Está usted loco? —grita el cazador. Y mientras, un par de venas grandes y azules surgen de la nada palpitando a un costado de su sien derecha.

—Los androides no sangran —contesta él mientras se pone sobre la herida un pañuelo blanco que ha sacado del bolsillo y que comienza a teñirse de escarlata.

El cazador percibe el silencio que hay a su alrededor. Decenas de ojos lo miran desde todos los rincones del restaurante chino. Tan solo se escucha la tapa metálica de una vaporera que contiene dim-sum y que tamborilea sin ritmo ni concierto. La tensión en el ambiente podría cortarse con un cuchillo (como dicen los clásicos). Él continúa sentado en la misma posición en la que lo encontró el cazador, mirándolo a los ojos desde el azul acero que parece haber visto el inicio del mundo entero estallando en llamas.

—Los Nexus 6 sí sangran. ¡No se mueva! —le ordena con un ladrido. De su saco viejo y luido de un naranja imposible, saca un radiocomunicador que se lleva a la boca—. Haley a Central Barrio Chino. Tengo un posible 66 en el restaurante Hong de la calle Mott.

Él no se ha movido para nada. Si lo llevan a la comisaría y le hacen la prueba Voight-Kampff como se debe, a pesar de sangrar como sangra, de sentir como siente y de pensar como piensa, puede fallar y ser «retirado», ese eufemismo burocrático que sirve para endulzar la muerte, por lo menos a los ojos de la opinión pública y de los que todavía mantienen cierto temor reverencial a las tecnologías.

El Juguetero jamás le explicó a él ni a ninguna de sus creaciones qué era eso llamado «empatía» y mucho menos «otredad». Y por causa de esos dos conceptos absolutamente abstractos, más cerca de los sentimentalismos que del raciocinio, muchos «replicantes», como ahora los llamaban en la prensa, habían sido descubiertos y eliminados.

Pero él ha hecho pruebas con humanos y muchos de ellos tampoco hubieran podido superar el inasible escollo. Incluso le había pedido a una novia que le explicara qué era eso de «el amor», pero recibió tan solo balbuceantes e inconexas explicaciones completamente fuera de lugar. Muy pocos podrían dar respuestas adecuadas y lógicas; tal vez un par de químicos, los neurobiólogos, ciertos especialistas en reacciones del hipotálamo.

Y los poetas, por supuesto. Gracias a todos esos versos que guarda celosamente en la memoria y que transmiten claramente imágenes, como lienzos hiperrealistas pintados por un dios caprichoso al que no se le va ningún detalle, él puede dar un montón de versiones de lo que el amor significa.

Pero esa es otra historia para otra ocasión.

Ahora tiene que salir de aquí lo más rápidamente posible y esconderse durante un tiempo. Buscar a los que quedan de su clase, que sin duda son ya muy pocos, y vivir en paz para siempre. Una pequeña colonia alejada de todo, en un desierto o una jungla inhóspita para los cuatro o cinco Nexus 6 que hayan sobrevivido al linchamiento. «Casa de retiro Replicante», dirá el letrero en sólidos caracteres de color rojo, que no será nunca leído por nadie, piensa. Y con el pensamiento fugaz, una sonrisa minúscula aparece en sus labios.

Miles de pensamientos más cruzan como ráfagas su cabeza.

Él cierra los ojos y recita en voz alta:

—«He visto cosas que los humanos ni se imaginan: naves de ataque incendiándose más allá del hombro de Orión. He visto rayos C centellando en la oscuridad cerca de la puerta de Tannhäuser. Todos esos momentos se perderán… en el tiempo… como lágrimas… en la lluvia».

Y salta por la ventana con un estrépito de vidrios rotos y gritos de la joven mesera, que ha visto la escena sin moverse, sosteniendo firmemente una charola con dos cuencos de fideos con soya y cebollines.

En la calle llueve, por supuesto. Él se queda quieto unos instantes, sintiendo cómo el agua le cae por la frente.

Se puede ser también un Nexus 6. Se puede ser lo que a uno se le antoje. Para eso sirve la literatura, para tener empatía con lo que les sucede a personajes que solo existen en la imaginación. Para ponerse en la piel y los zapatos y las emociones de otro, de otros, de todos, humanos o androides, dioses o lobos, monstruos, princesas o vampiros.

Llorará entonces, pensando en el cruel destino del «replicante» casi humano de la novela de Philip K. Dick llamada *¿Sueñan los androides con ovejas eléctricas?*, que le espera en casa y de la que también se hizo película, uno de esos extraños casos en que la literatura pasa al cine y se transforma en un clásico espectacular: *Blade Runner.*

Pero nadie notará sus lágrimas.

Todos los que puedan verlo pensarán que solo es la lluvia.

YO

Aburrido. A bu rri do. A bu rri dí si mo. A bu rri di si si sí si mo. Y mientras lo digo, voy contando con los dedos las sílabas que componen la palabra. Estoy tan absolutamente aburrido que podría llegar a sesenta «si si si si simos» fácilmente. Pero seguramente me aburriría mucho más. Nadie me dijo que lo de la hepatitis era así, y que te sientes como si te hubiera pasado por encima un camión de volteo lleno de arena: desguanzado, roto, sin ganas de mover un dedo, ni siquiera para contar las sílabas. No hay nadie en la casa, excepto la señora que nos ayuda a limpiar y cocinar y yo mismo, el rey de las aburridas piedras aburridas. Mis padres trabajan y mi hermano se va a al colegio. Podría fácilmente, en este instante, decir que me encantaría volver a la escuela, pero espanto ese pensamiento maligno con una mano como se espanta una mosca que viene a ponerse en tu nariz una y otra vez, dando la lata.

Los adultos son seres incomprensibles que pretenden que tú también seas, desde el principio, un adulto. Y que te comportes como ellos, no te saques el moco con la uña del meñique, ni se te ocurra echarte un pedo en público o eructar en la mesa. Si por ellos fuera, todos tendríamos que ser adultos desde chiquitos. Un montón de enanos con traje y corbata dando los buenos días y checando tarjeta para ir a trabajar, pagando las cuentas y tosiendo con una mano sobre la boca para no esparcir los gérmenes. Pero no sucede así, por suerte. Nos educan todo el rato para que seamos como ellos y cuando crecen, por lo que oigo todo el tiempo, quieren volver a ser niños. Pero no hay vuelta atrás. No hay camino de regreso, solo de ida. La adultez es un estado irreversible. Por eso hay que sacarse el moco en cuanto tengas la mínima oportunidad y disfrutarlo plenamente antes de que sea demasiado tarde.

Ahora lo estoy haciendo. Este es verde-grisáceo y tiene una consistencia perfecta para hacerlo bolita. Voy a intentar lanzarlo con el índice y el pulgar hacia el techo para ver si se pega. No es fácil. Además, corres el riesgo de que caiga sobre tu propia cabeza. Un asunto de profesionales. Escucho el redoble de tambor de circo que acompaña a la hazaña que estoy por realizar. Las luces de la pista me alumbran y oigo por el micrófono al presentador que me anuncia.

—¡Señoras y señores, niños y niñas! El Circo Atayde Hermanos se complace en presentar uno de los actos más peligrosos y arriesgados que jamás se haya presentado en un nuestro país. Pedimos un aplauso para el único, el inigualable, el fenomenal ¡Hombre-Moco!

Y yo, vestido con una malla de color negro bordada con decenas de pequeñas estrellas plateadas, salgo al centro de la pista, hago una reverencia y miro hacia la parte más alta de la carpa. Pido silencio con un ademán. Solo se escucha la respiración de la multitud que me rodea y el redoble de tambor que comienza a sonar y me acompaña.

Lanzo el moco con todas mis fuerzas. Pero en el aire hace un raro giro y se va hacia atrás, hacia la mesita donde tengo la lámpara de noche. Lo veo venir. Es probable que termine en el vaso de agua con el que me tengo que tomar las medicinas. Rescatarlo en el aire sería una proeza única. Alzo la mano y la echo hacia atrás, detrás de mi cabeza. Pero la luz que entra por la ventana impide que vea dónde termina. Reviso el vaso y afortunadamente no está dentro.

Y me doy cuenta entonces de que en la mesita sigue estando ese objeto raro, que me pone muy nervioso por lo que es y por lo que significa. ¡Un libro!

De tapas azules.

¿Cómo demonios apareció allí? ¿Quién lo puso? ¿Por qué quieren que lea y haga un reporte si estoy enfermo? ¿Quién me quiere molestar? ¿De dónde salió?

Busco alrededor, sin tocarlo, para ver si hay alguna nota que explique el misterio. Pero no hay nada. Ni una sola pista. Como si hubiera aparecido por arte de magia.

Pero no lo voy a leer. Por ningún motivo. Aunque esté tan aburrido y lance mocos como única distracción el resto de la mañana.

Esto no se hace. Es mala fe. A los enfermos hay que consentirlos y no ponerles tarea. Lo miro con desprecio.

Pero él es de una terquedad soberbia y no se mueve de la mesita. Me está retando. Quince minutos después de haber comenzado el duelo, ignorándonos mutuamente y ya sin provisión de mocos para seguir con mi acto, no me queda otra que acercar lentamente la mano hacia él. Lo toco apenas con las yemas de los dedos como si pudiera quemarme, pero es de una tibieza extraña. Leo su lomo: *El sabueso de los Baskerville.* Debe ser de biología. Está escrito por un tal Arthur Conan Doyle. No me queda otro remedio y lo tomo con las dos manos, solo para comprobar que pesa menos que cualquiera de esos que he tenido que leer para la escuela y luego hacer los resúmenes correspondientes. Nadie me puede ver; la señora que nos ayuda está en la cocina, la puedo oír desde aquí usando la licuadora, así que si me asomo al libro en cuestión nadie se va a enterar. Solo lo voy a hojear, no pretendo leerlo, nada más quiero saber de qué trata.

El capítulo uno se llama «*Mister* Sherlock Holmes». ¡Ya sé quién es! He visto una película donde sale. Un detective inglés que anda de gorrita extraña, fuma pipa y usa una lupa. Y puede deducir cosas asombrosas con solo mirar una escena detenidamente. Tiene un ayudante llamado doctor Watson, que es el que va contando la historia, y viven en Londres. Así que no puede ser tan aburrido.

Han encontrado los dos un bastón que alguien dejó descuidadamente en el departamento de Holmes. Y con solo observarlo con mucho cuidado comienzan a sacar conclusiones que son lógicas, pero para las cuales se necesita pensar mucho, como si estuvieran haciendo un ejercicio mental. Yo no tenía idea de que un simple bastón pudiera contener en sí mismo tanta información como la que van descubriendo poco a poco. Al terminar el capítulo, que me lleva alrededor de doce minutos, me pongo un momento en sus zapatos e intento deducir como él. Y saco algunas conclusiones que están relacionadas mucho más con lo que no se ve a simple vista que con lo que se ve. Las comparto. El libro no llegó por sí mismo a mi mesita. Por lo tanto, alguien lo puso allí mientras dormía.

No pudo ser mi hermano porque le han prohibido entrar a mi cuarto hasta la semana que viene, cuando la hepatitis sea menos contagiosa. Además, ese no agarraría un libro ni en defensa propia, así que queda descartado como sospechoso.

No tengo una lupa ni una pipa como Holmes, pero me levanto de la cama y voy hasta el librero que tienen mis padres en su cuarto. Me planto frente a él y observo detenidamente. En la parte de arriba, en el segundo estante del techo hacia abajo, hay un hueco. De allí salió el libro. Levanto un brazo para ver qué tan lejos queda y rápidamente descubro que quien lo sacó tuvo que ser un adulto porque no hay una silla cercana, ni un taburete, ni una mesita donde alguien de menos de 1.50 pudiera subir para alcanzarlo. Así que solo quedan dos probabilidades.

Pudo ser cualquiera de mis padres.

¿Qué haría Holmes?

Me siento en la cama con el libro en las manos y tengo una iluminación. Y lo huelo. Aspiro furiosamente por la nariz muy cerca de sus tapas azules. Hay un ligero perfume, casi imperceptible, pero está ahí, sin duda: colonia para después de rasurarse.

Solo para confirmarlo, voy hasta el baño y abro el bote que tiene mi padre sobre el lavabo. ¡Coincide!

Fue papá. «¡Elemental!», me digo mientras una enorme sonrisa va apareciendo en mis labios.

Estoy muy orgulloso de mí mismo. Pasé en un rato de ser «el Hombre-Moco», aburrido y triste, a un detective inglés que todo el mundo conoce y admira. Y todo por aplicar un don que todos tenemos pero que muy pocos aplican: la deducción lógica, el abrir los ojos un poco más para mirar donde nadie mira. Usar la nariz como los perros que buscan sobrevivientes entre los escombros, buscando vida.

Ahora solo falta saber por qué lo puso en mi cuarto y con qué fin, pero eso también es muy obvio. Siempre me está diciendo que lea y yo siempre le estoy diciendo que no. Pero esta vez es diferente. Nadie me está obligando...

Vuelvo a mi cuarto. Quiero saber más de Holmes y de lo que le espera en las próximas páginas. No es un libro de biología y no creo que nadie me pida hacer un resumen en cuanto lo termine.

Tengo mucho tiempo por delante y ya quiero saber quién es el mentado sabueso de los Baskerville y qué demonios tendrá que ver con *mister* Sherlock Holmes y su ayudante Watson.

Voy a quitar los mocos que queden entre las sábanas y a acostarme plácidamente a descubrirlo.

Nadie me va a molestar hasta después de las dos de la tarde, hora en la que regresa a casa mi familia.

Pero no estoy solo.

ELLA

Isa se ha pasado media tarde en el baño vomitando. Pero no es por gusto. Ni tampoco por bulimia o anorexia, esas dos enfermedades psicológicas, terribles y mortales, que han atacado a varias generaciones y que han causado pánico entre maestros y padres, que constantemente están queriendo ver en el más pequeño síntoma la larga sombra del mal.

Su caso es más sencillo y tal vez un poco tonto. Leyó en una revista que encontró en casa de una amiga acerca de una dieta «infalible» a base de jugos de frutas y verduras, que supuestamente te hace bajar entre tres y cinco kilos de peso en una semana.

Lleva dos días tan solo, haciéndolo a escondidas de su familia. Hoy le tocó «jugo» de brócoli y descubrió, tal vez demasiado tarde, que el brócoli no tiene jugo. Lo que salió de la licuadora fue una suerte de masa intragable que, sin embargo, se tragó haciendo grandes esfuerzos y todas las caras de asco del catálogo de caras de asco que tiene en su cabeza. Tal vez la receta no estaba completa y le faltaba una porción de líquido benefactor que arreglara el desaguisado, como jugo de piña, por ejemplo.

El caso es que vomitó el vaso completo de masa de brócoli (ya escribirá a la revista para informarles de la imposibilidad de sacar jugo de esos pequeños monstruos verdes que, además, saben a rayos y centellas) y se siente fatal.

Después de su lamentable y no premeditado encuentro con la taza del baño, después de echarse litros de agua en la cara y lavarse los dientes dos veces a conciencia, fue hasta la temible báscula y se plantó en ella con una resolución digna de una diosa griega (envuelta por supuesto en una sábana, que es como dicen que se visten las diosas griegas). Y tardó un par de minutos en atreverse a mirar hacia abajo, donde los números de la moderna balanza le hablarían, como en el antiguo oráculo, de su destino.

¡Pesaba lo mismo que la semana pasada!

Pesaba, para ser exactos, doscientos gramos más que la semana pasada, a pesar de los jugos, del vómito, de las carreras por el parque oscuro y desierto a las seis de la mañana, el vapor, los dos litros de agua diarios que aconsejó la nutrióloga, las noches en que se iba a dormir sin cenar…

Y se echó a llorar como una niña pequeña, sentada sobre los fríos azulejos del baño. Una diosa derribada de su pedestal por los bárbaros, derrotada, tristísima, hecha pedazos.

Y mientras lloraba, montones de pensamientos, como rayos, iban pasando a velocidad estrepitosa por su cabeza; pensamientos que llevaban siempre a un final poco feliz. Pensamientos amargos y coléricos, pensamientos gordos, rechonchos, llenos de calorías, de carbohidratos, de telas que no alcanzarían nunca para darle la vuelta a su cintura y a sus pechos, que crecían todos los días amenazando con romper las blusas.

¿Se puede llorar así a los catorce años?

Sí, definitivamente se puede. Se puede incluso morir ahogada en un mar de lágrimas.

Pero también se puede, si la voluntad no te abandona, si el corazón sigue tamborileando dentro del pecho, si las manos y los pies responden, si los pañuelos desechables se acaban, agarrarse firmemente a una sábana cualquiera y convertirla en vela de viento para

74

la tabla de náufrago, una que te ayude a sortear el mar embravecido y llegar sana y salva a la costa más cercana.

Y eso hizo Isa.

Se vistió a toda prisa con una camiseta vieja y grande, unos *jeans*, unos tenis rotos por todos lados, una sonrisa de oreja a oreja, y bajó a la cocina a prepararse un sándwich triple de jamón con queso.

«Las penas con pan son menos», decía su sabia abuela, que cocinaba en enormes peroles unas recetas mágicas y deliciosas que habían pasado de generación en generación, tan solo para demostrar que en la comida se encuentra la civilización, el consuelo, la posibilidad del encuentro con nuestra parte más íntima y también más solidaria.

Y ahora, mientras va dando enormes mordiscos sin culpa, disfrutando de un simple sándwich como si fuera el más esplendoroso de los manjares sobre la tierra, Isa recapitula los últimos tiempos, los agravios, las derrotas y las pequeñas victorias con las que está construida la vida.

Y la primera pregunta que llega a su mente es: «¿Qué quiero?».

Y como si abriera una puerta que estuvo cerrada mucho tiempo y que tuviera detrás una colonia entera de mariposas urgidas de agua y luz y aire y libertad, van saliendo atropelladamente las respuestas, empujándose unas a otras. Van tan rápido que Isa casi no las puede ver.

—¡Momentito, señoras respuestas, una por una, si me hacen el favor! —dice en voz alta. Y les cierra la puerta de un golpe para poder organizar el tropel vertiginoso de sus pensamientos.

Va corriendo hasta donde esconde el cuaderno cuadriculado que ha sido su más fiel compañero en esta travesía y que sigue a buen recaudo detrás de la *Gran enciclopedia del mundo animal*, y con lápiz en mano, con una calma insólita que incluso le permite dejar sobre el plato la mitad del sándwich que hasta hace unos momentos era su único centro de atención, decide aclarar su destino.

—Ahora sí. Una por una, por favor —murmura mientras abre la puerta de su cabeza.

Y va anotando, bajo el encabezado «Lo que quiero», justo a la mitad del cuaderno, con letra clara y determinada, todo aquello que va surgiendo luminosamente de lo más profundo de su alma.

«Quiero conocer París».

Se queda unos instantes mirando fijamente la hoja.

Sí, conocer París es una idea fantástica; ha oído hablar tanto de esa ciudad de ensueño y visto tantos documentales que el solo nombre «París» es en sí mismo una de las mayores tentaciones que la rondan constantemente. París y sus escritores, sus músicos, su pintura, su queso, su pan, sus edificios, su río, sus perfumes, su moda, sus museos famosos, el amor flotando por el aire, los árboles dejando caer las hojas doradas del otoño.

«París. Suena a libertad», piensa.

Y casi inmediatamente, con la goma de borrar del mismo lápiz y de cuatro o cinco pasadas que comienzan siendo tímidas pero que terminan furibundas, borra París y luego limpia con la mano los minúsculos trocitos de goma que se han quedado sobre el papel.

Tendría que haber en la lista, mucho antes que París o un viaje, o incluso una fiesta, esas cosas que quiere de verdad, importantes, que cambien su vida, que la definan como persona, que la descubran en su esencia más íntima, en lo que es por dentro y no la fachada que todos ven.

Y no tarda demasiado en escribir de nuevo.

«Quiero ser feliz».

Y en cuanto termina de escribirlo sonríe. Quiere ser feliz con todo lo que ello implica. Alguna vez leyó por ahí que el ser humano transita sobre la tierra, en un paso fugaz, tan solo para encontrar la felicidad, y se desvive, sufre, lucha, trabaja, e incluso llora a mares en esa búsqueda incesante. Y pasa más tiempo intentando ser feliz que siéndolo. Si pudiera medirse la felicidad en horas y minutos y nuestra vida entera fuera un día desde el amanecer hasta el siguiente, el tiempo de la felicidad no pasaría de ser una mínima parte de ese día. ¿El diez por ciento? ¿Menos?

Corre hasta la biblioteca y busca el diccionario de la Real Academia. Y con él bajo el brazo, vuelve a la cocina. Si quiere ser feliz, por lo menos, debe tenerlo muy claro. Y sin embargo, la primera definición la deja completamente perpleja:

felicidad *(Del lat. feliciĭtas, -ātis).*
1. f. Estado del ánimo que se complace en la posesión de un bien.

—¡No puede ser! Ahora resulta que la felicidad es tener un coche último modelo, un vestido, un celular nuevo con Facebook, Whats-App, Twitter —grita Isa, indignada, para luego carcajearse abiertamente. Es cierto que todas esas cosas, esos «bienes» como los llaman los señores de la Academia, te producen un cierto grado de bienestar, te hacen la vida más fácil, los puedes disfrutar, cierto; pero ¿te hacen feliz? Con qué poco se conforman algunos, por ejemplo, los señores que escribieron semejante definición.

Va corriendo a su habitación por el celular y de nuevo a la biblioteca. Y regresa a la cocina con un libro más, un diccionario de filosofía.

«En internet se puede encontrar de todo», se dice a sí misma. Así que, desde el buscador de su teléfono, entra a Wikipedia.

La felicidad (del latín felicitas, *a su vez de* felix, *«fértil», «fecundo»)*
es un estado emocional que se produce en la persona cuando cree haber
alcanzado una meta deseada. La felicidad suele ir aparejada a una con-
dición interna o subjetiva de satisfacción y alegría.

Bastante mejor. Una meta sin lugar a dudas es mejor que un coche o un vestido. La satisfacción y la alegría son dos conceptos que se entienden bastante bien y que van aparejados (como ellos dicen) a sensaciones que pueden ser percibidas y disfrutadas. Se acerca mucho más a lo que Isa busca y a lo que Isa quiere.

Pero todavía no es suficiente. Un diccionario de filosofía, el estudio de los problemas fundamentales a los que se enfrenta el ser humano y que tienen que ver con la existencia, el conocimiento, la verdad, tiene que tener otra respuesta. Y en «felicidad» viene:

O eudemonía. *En Aristóteles, es el Bien Supremo del hombre y el fin al que naturalmente todos estamos inclinados. La define Kant como «el estado de un ser racional en el mundo, al cual, en el conjunto de su existencia, le va todo según su deseo y voluntad».*

A Isa le va gustando más y más lo que encuentra. Si la felicidad según Aristóteles es el bien supremo, eso es lo que busca. Un bien supremo que le haga sentir bien, contenta con lo que es y con lo que hace. Pero la palabreja que aparece al principio la desconcierta. Debe ser griego, suena a griego.

Así que de vuelta a la biblioteca, donde afortunadamente hay un diccionario de griego clásico de su papá que heredó de su abuelo abogado.

Y donde aparece la palabra en cuestión:

Eudemonía (griego: εὐδαιμον), o plenitud de ser, es una palabra griega clásica traducida comúnmente como «felicidad». Aristóteles la entendió como ejercicio virtuoso de lo específicamente humano, es decir, la razón. El uso popular del término se refiere a un estado de la mente y el alma, relacionado con la alegría o el placer.

Con la mesa de la cocina llena de libros y medio sándwich sobre el plato, Isa decide que nunca más llorará por cosas tan poco importantes como un vestido que no le entraría en el cuerpo por más «jugo» de brócoli que le ponga.

Borra nuevamente lo que había escrito en el cuaderno cuadriculado y escribe misteriosa, mágicamente: «Eudemonía», esa palabra griega rescatada de lo más profundo de la noche de los tiempos y que marcará el camino de su nueva actitud a partir de ahora. Buscar con la razón, cueste lo que cueste, la felicidad.

Suena muy bien. Además, si alguien encuentra por alguna mala casualidad su cuaderno, no tendrá ni idea de a qué se refiere con esa críptica entrada («críptica» también es una palabra que le gusta, y que quiere decir: «enigmática, oscura, difícil de entender».

Como ella misma).

Y en la búsqueda de la felicidad, en ese mismo instante, ha descubierto una herramienta indispensable, única por su sencillez y, sin embargo, estupenda para enmendar cualquier error, por lo menos en el papel.

La goma de borrar de su lápiz.

ELLOS

—¡Ojalá que la tormenta sea larga! Que llueva a cántaros durante toda la noche... ¡Que no pare de llover nunca! —decía Rudolph, como en una plegaria, repitiéndolo en voz baja, incesantemente, para ver si se producía un milagro.

Pegaba cada vez más la nariz a la ventana de su casa en la calle Oranienburg, mientras veía llegar más y más camiones bajo el aguacero, conducidos por los estudiantes de las juventudes hitlerianas.

Rudolph tenía quince años ese 10 de mayo de 1933; berlinés de pura cepa, hijo, nieto, bisnieto de berlineses, siempre se había sentido muy orgulloso de su ciudad y de su gente. Berlín era hasta entonces un lugar civilizado, culto, lleno de museos, de bibliotecas, de salas de conciertos, un lugar que floreció durante los años veinte gracias a la reunión de grandes escritores, músicos, poetas, bailarines, espléndidos fotógrafos, arquitectos, cantantes y que ese terrible día parecía destinado a perecer a manos de la barbarie.

La familia de Rudolph vivía a tan solo dos casas de la famosa Residencia de Estudiantes de Berlín, un lugar mítico donde habían vivido durante su estancia en la ciudad muchos artistas que luego se volvieron famosos y que le dieron lustre, risas, acaloradas discusiones filosóficas y diversión juvenil a la aparentemente tranquila calle de Oranienburg, en pleno centro berlinés.

Adolfo Hitler se había convertido el hombre más poderoso de Alemania solo unos meses antes de esa noche de mayo. Era canciller desde el 30 de enero, aunque Hindenburg, por lo menos en el papel, seguía siendo el presidente de la república.

Hitler era apoyado por miles de personas que aplaudían constantemente sus discursos incendiarios, en los que hablaba de una Alemania para los alemanes y de recuperar el poder de manos extrañas. Pero no todos estaban con él. Muchos lo consideraban peligroso y ya daba visos de ser eminentemente racista. Para esas fechas, previendo lo que vendría, algunos habían emigrado a Francia o a Estados Unidos buscando aires más sanos que respirar. Entre ellos, un tío de Rudolph afín al Partido Comunista, padre de un par de gemelas recién nacidas y que temía por la seguridad de su esposa judía, a la que ya habían amenazado en pleno mercado por su origen.

Un saludo atípico se había puesto de moda entre los incondicionales de Hitler, miembros del Partido Nacional-Socialista: la mano derecha extendida y al aire, como se saludaba a los emperadores romanos.

Las juventudes hitlerianas, tal vez los más encendidos y violentos de sus fanáticos seguidores, iban por las escuelas vestidas con sus camisas pardas, luciendo brazaletes rojos y negros con la cruz gamada que las identificaba, armadas con bastones, obligando a muchos a hacer el saludo nazi, humillando a los judíos e insultando e incluso golpeando a los que se resistían, ya fueran hombres, mujeres o niños.

Rudolph no era judío, pero sí su amigo Samuel, el hijo del dueño de una tienda en el mercado de antigüedades de la Ostbahnhof. Habían estudiado juntos desde los grados elementales, haciéndose inseparables, y pasaban las tardes de esa primavera del 33 fumando a escondidas, espiando a las muchachas que, con falda corta, hacían

ejercicio en el parque Tiergarten, muy cerca del zoológico, probando la ruda cerveza bávara y haciendo muecas con cada trago, pero
sobre todo compartiendo libros, poemas e historias mitológicas.

La biblioteca del abuelo de Samuel, el rabino Abraham Berkovitz, era inmensa y tenía de todo, desde libros clásicos de la literatura germana hasta textos españoles del Siglo de Oro, novelas de
Verne y de Salgari, y libros de autores contemporáneos que le llega-
ban por correo, sin faltar, una vez por mes, embalados en cajas de
madera rellenas de tela de algodón para que no se humedecieran
durante el viaje en barco y que hacían las delicias de los dos amigos,
ya que el rabino les dejaba abrirlas en su presencia y maravillarse
con cada nuevo y apasionante descubrimiento; por ejemplo, el de
un novelista alemán llamado Karl May, que publicaba en Estados
Unidos historias del Oeste que eran una verdadera delicia. Incluso
les dejaba leerlas antes que nadie.

En agradecimiento, Rudolph y Samuel limpiaban cada quince
días la biblioteca armados con sendos plumeros y lienzos de lino. Y
así aprovechaban para ir admirando, por orden alfabético, las maravillas que allí se encontraban. Esa casa señorial de tres pisos, tejado
verde pálido y puerta de hierro forjado, era sin duda el mejor lugar
de la calle Oranienburg, el mejor lugar de Berlín, el mejor lugar de
Europa, tal vez uno de los mejores lugares del mundo.

Muchos decían del rabino que era el hombre más ilustrado de
Berlín, o por lo menos el que poseía la mejor biblioteca. Los veinte mil
volúmenes que atesoraba eran sin duda su mayor motivo de orgullo.
Ya le había prometido a Samuel, su nieto mayor, que algún día no
muy lejano aquellas joyas serían suyas.

Hacía muy poco habían leído juntos y en voz alta, en un rincón
apartado de la biblioteca al amparo de un enorme ventanal que
dejaba ver las ramas de un imponente roble, el *Fausto* de Goethe,
tal vez la obra más inquietante del gran genio de la literatura ale-
mana, precursor del romanticismo y una gloria para las letras uni-
versales.

Fausto vende su alma al diablo, Mefistófeles, a cambio de poseer conocimiento infinito, con la única condición de servir al mismo diablo en cuanto muera.

Un poco sobrecogidos por la lectura, jugando, bromeando, los dos amigos pensaron y dijeron en voz alta que tal vez Hitler también le habría vendido su alma a Mefistófeles, solo que a cambio del poder absoluto, y se rieron a carcajadas burlándose del canciller, de su ridículo bigotillo y de su megalomanía.

La cocinera de la casona, la joven Susy, los escuchó desde un pasillo y fue corriendo a contárselo todo a uno de los dirigentes de las juventudes hitlerianas, que se reunía con sus compinches en una cervecería cercana.

Al salir a la mañana siguiente a la escuela, Samuel recibió una paliza que le propinaron cuatro energúmenos vestidos con camisas pardas. Una pierna rota, los dos ojos morados, tres costillas fracturadas y una dosis enorme de aceite de ricino que lo mantuvo en el baño por días fueron su «escarmiento», en palabras del salvaje Klaus, líder de un grupo importante de estudiantes hitlerianos y asistente personal de Baldur von Schirach, el jefe máximo de las mismas.

Rudolph, en cambio, tal vez por ser alemán y no judío, tan solo recibió cuatro violentas bofetadas y una reprimenda a gritos en plena calle. Le hicieron levantar la mano al aire una y otra vez mientras tenía que decir «*Heil Hitler!*» a voz en cuello decenas de veces, hasta que los fanáticos se aburrieron del juego. Nadie pudo hacer nada por ninguno de los dos amigos. El miedo se había apoderado de todo Berlín.

El rabino Berkovitz, un hombre muy influyente en su comunidad, fue hasta la Cancillería a interponer una queja por el bárbaro tratamiento a su nieto mayor. Y pasó dos días desaparecido. Volvió a casa golpeado y sin su enorme barba.

Nunca volvió a decir una palabra sobre el tema.

Pero comenzó a prepararse para el exilio.

Rudolph acompañó cada segundo de la convalecencia de su amigo Samuel. A un lado de su cama, sentado en un pequeño taburete, le iba desgranando aventuras inconmensurables. Juntos recorrieron veinte mil leguas de viaje submarino, se perdieron en los pantanos de la Isla Misteriosa, ayudaron a escapar del terrible castillo de If a Edmundo Dantés, que luego sería conocido y reconocido como el conde de Montecristo, sumaron sus espadas a las de los mosqueteros, a la de Sandokán, a la del Tulipán Negro. Rogaban en silencio que los héroes de las novelas cobraran vida y llegaran hasta ese Berlín ocupado por las bestias a vengar cada una de las afrentas hechas a la comunidad.

Aprendieron mucho sobre la amistad, la valentía, la solidaridad. Pero también, viendo por la ventana, aprendieron mucho sobre la cobardía, la corrupción y, sobre todo, aprendieron mucho sobre el miedo.

El abuelo rabino vendió la casa, la biblioteca, sus muebles e incluso las antigüedades que habían pasado de mano en mano, generación tras generación de Berkovitz, a un usurero alemán que le pagó el tercio de su valor real. Toda la familia, sin dejar ni a uno solo atrás, se embarcó en Hamburgo a finales de 1932 rumbo a la ciudad de Nueva York, en busca de la libertad, sabiendo que en tiempos oscuros la luz es uno de los más preciados bienes. Y algunas veces la luz está en la huida y no en el enfrentamiento estéril contra enemigos enormes.

Una mañana, Rudolph recibió en su casa una caja grande y brillante de madera, rotulada con su nombre: estaba llena de esos maravillosos libros que habían acompañado, forjado, cimentado, construido una amistad que sería para toda la vida.

Era la mañana del 10 de mayo de 1933. Bajo su ventana, Rudolph iba viendo cómo muchos camiones conducidos por jóvenes hitlerianos se iban reuniendo y metían dentro de ellos bolsas, cajas, envoltorios. A uno se le cayó el cargamento. Decenas de libros.

¿Qué iba a suceder?

Encendió el radio y supo entonces la terrible noticia. Estaba convocada, para el momento en que oscureciera, una «Acción contra el espíritu antialemán» en la Bebelplatz, esa enorme plaza también llamada «de la Ópera». Después de un desfile de antorchas por toda la ciudad, acompañado por bandas de guerra que tocarían marchas militares, se reunirían setenta mil jóvenes hitlerianos y quemarían esos libros que, según ellos, atentaban contra sus ideales.

Incluso se hablaba de algunos autores cuyos textos tendrían que ser pasto de las llamas: Bertolt Brecht, Karl Marx, Heinrich Heine, Kurt Tucholsky, Sigmund Freud, Ernest Hemingway, Upton Sinclair, Jack London y John Dos Passos, y muchos autores rusos, como Máximo Gorki, Isaak Babel, Lenin, León Trotski, Vladimir Mayakovski e Ilya Ehrenburg.

Rudolph había leído *Colmillo blanco* de Jack London y no le parecía para nada un texto antialemán. Le parecía un texto espectacular, emocionante, imprescindible.

—¡Todos los libros son imprescindibles! —le gritó al radio Telefunken con todas sus fuerzas. Y odió a los nazis con todas sus fuerzas. Esos que quemaban libros no sabían lo que contenían, el amor, la vergüenza, la aventura, la emoción, la venganza, la pasión, la solidaridad, los latidos de todos los corazones del mundo.

En ese momento pareció que los golpes en la puerta de su casa iban a derribarla.

Sin casi pensarlo, se metió entre el pantalón y el cuerpo un par de libros que estaban sobre su mesita de noche, y por encima un viejo suéter verde.

En segundos, cinco animales pardos entraron a la casa y se llevaron casi todos los libros. Se salvaron muy pocos: los textos de Goethe y Schiller, los de Hoffman y los hermanos Grimm. Pero no los demás, incluyendo a Heinrich Heine, que en algún momento de su vida había dicho que «Allí donde se queman libros se acaba por quemar a los hombres» de una manera premonitoria y dramática.

«Los libros deben ser instrumentos peligrosos, muy peligrosos, más que un fusil o un cañón, si provocan esas reacciones», pensaba Rudolph mientras iba acomodando en el librero vacío lo poco que quedaba. Incluso se habían llevado todos los textos empastados en rojo, sin importar título u autor, argumentando que ese era el color de los comunistas...

Unos salvajes.

Frente a la ventana, llovía sin parar ya por la tarde. Y Rudolph rogaba que la lluvia fuera tan grande como la que sucedió durante el bíblico diluvio y no permitiera que sucediera esa barbarie.

Pero los bomberos berlineses, por órdenes de los nazis, echaron gasolina sobre los libros.

El primer libro que fue lanzado a la pira ominosa fue *Sin novedad en el frente*, de Erich Maria Remarque, un apasionado alegato contra la guerra y sus horrores que había causado furor algunos años antes y que, debido a la crudeza y el realismo con el que contaba y describía el campo de batalla, se convirtió muy pronto en un símbolo entre los pacifistas del mundo entero.

Un libro así no convenía en nada a los afanes expansionistas de Hitler, que ya había puesto los ojos en Polonia, en Austria, en Checoslovaquia. Un libro así era muy peligroso para sus fines. Porque para conquistar Europa necesitaba soldados y no pacifistas.

Junto con *Sin novedad en el frente*, más de veinticinco mil ejemplares diversos fueron quemados esa terrible noche entre las carcajadas y el desprecio de esos que luego también quemarían a otros hombres.

Bertolt Brecht —poeta, dramaturgo, hombre brillante que logró escapar de la furia nazi y se exilió en Dinamarca— escribiría tiempo después un poema que habla sobre esos días aciagos para el mundo:

Un poeta perseguido,
uno de los mejores, estudiando la lista de los prohibidos,
descubrió, horrorizado, que sus libros habían sido olvidados.
Se apresuró a su escritorio llevado por la ira,

y escribió una carta a los dirigentes.
¡Quemadme!, escribió con pluma voladora, ¡quemadme!
¡No me hagáis esto! ¡No me dejéis atrás!
¿No he contado siempre la verdad en mis libros?
¡Y ahora me tratáis como a un mentiroso!
Os ordeno, ¡quemadme!

Treinta años después, pasada la Segunda Guerra Mundial y terminada la pesadilla nazi, Rudolph y Samuel se reunieron nuevamente en una pequeña casa en las afueras de la ciudad de Nueva York. Se abrazaron largamente y lloraron en silencio por el tiempo ido, por los humillados, los asesinados, los llevados a los campos de concentración y exterminio, por los libros quemados.

Al irse, por la tarde, después de haberse contado sus vidas, sus amores, sus aventuras, Rudolph dejó sobre la mesa de la entrada de la casa de Samuel dos libros que lo habían acompañado toda la vida, dos libros que se habían salvado de la oscuridad que siguió después de las llamas que iluminaron Berlín aquella noche de 1933 y que lo hicieron ser quien era. Los que lo acompañaron durante los trágicos años de la guerra, los que velaron su sueño, los que leyó en noches intensas de bombardeos y después en voz alta para sus hijos.

Dos libros imprescindibles, de esos que salvan al mundo.

Que lo salvaron a él, por ejemplo.

El cazador de la pradera, de Karl May, y *Sin novedad en el frente*, de Erich Maria Remarque.

Los dos únicos títulos que se salvaron de la espléndida, mítica, generosa biblioteca del rabino Berkovitz, la mejor de la calle Oranienburg en Berlín.

ÉL

Mientras escribe, iluminado tan solo por un cabo de vela que chisporrotea a cada instante, lamentando las tristes alpargatas benedictinas que está obligado a usar constantemente y que le hacen pasar el más terrible de los fríos, él, novicio apenas, tiembla como una hoja en medio del vendaval, dentro de esa celda que le han asignado, de piedra llana y helada.

Cuando sus padres lo pusieron al servicio de Guillermo de Baskerville, no tenía ni la más remota idea de qué podía esperar de ese fraile franciscano de hábitos frugales y vista de halcón, dotado con una soberbia capacidad para descubrir cosas inmensas en las pequeñeces, sabedor de nombres de plantas y animales y sus usos. Un hombre que leía todo lo que caía en sus manos con una sed de conocimiento inacabable, insaciable, que era sobre todo un conocedor profundo de la condición humana, de las pasiones y los mecanismos secretos que mueven a los hombres y a las mujeres a cometer los más bellos actos de sacrificio en nombre del amor, o por el contrario, realizar las más terribles bajezas para conseguir el prestigio, el poder o el oro, caiga quien caiga a su paso.

Ha sido mucho caminar, hasta casi sangrar por las extremidades inferiores, siguiendo su paso inagotable por casi media Italia en este frío invierno del año del Señor de 1327.

Ya están instalados en la abadía tras recorrer cruentos y desolados parajes; se salvaron de los salteadores de caminos más de una vez gracias a la astucia de Baskerville, e incluso comieron caldos infames con hojas y hierbajos recogidos a la vera de la vía en plenos Apeninos de la Liguria. Había nieve por todas partes y esta cubría el paisaje con un manto que parecía de armiño. Después de un gran plato lleno de un puchero muy decente, el muchacho se dispone a escribir la historia que en esta inmensa y lúgubre abadía, llena de personajes sombríos y torturados por el silencio y el tiempo, hace que las pieles se ericen y que el miedo se pasee a sus anchas, dramáticamente, como un gran señor en su castillo.

Tres monjes han muerto de manera atroz.

Han pedido al sabio Baskerville, al que admiran y del que sin embargo desconfían abiertamente, que ayude a develar el secreto y a encontrar, por supuesto, al asesino. Aunque no era esa su encomienda original. Ha llegado hasta el lugar para organizar una reunión entre los emisarios del Papa y los altos jerarcas de su orden, los franciscanos, que acusan al primero de no cumplir con los votos de pobreza que por su alto cargo debería cumplir a carta cabal, dando ejemplo a los demás.

Baskerville, con la ayuda del muchacho, ha revisado concienzudamente los cuerpos, uno por uno, sobre una mesa de madera de roble que han puesto en una de las celdas para tal efecto.

Y el muchacho tan solo ve tres muertos. Diferentes entre sí, pero no más que cadáveres macilentos que, si no fuera por el frío reinante, amenazarían con comenzar a pudrirse.

Pero Guillermo de Baskerville, que tiene un oído enorme para escuchar lo que se dice por los pasillos, aunque sea entre murmullos, sabe que los monjes piensan que una conjura se teje en las sombras, y que los muertos tuvieron una muerte semejante a la que ocurre en el Apocalipsis según san Juan, tal cual está escrito en el libro del Nuevo Testamento.

A pesar de que no lo dice en voz alta, él piensa que esta es una comunidad llena de supersticiones, anticuada, que vive en el pasado y a él se aferra.

Revisa los cuerpos de los monjes concienzudamente, cada pliegue y cada arruga de la piel tumefacta; con unas pinzas les abre la boca y mira detenidamente sus lenguas, los ojos, les revuelve el pelo buscando un indicio que le brinde respuestas. Y no tarda demasiado en encontrar una similitud extraña en los tres cadáveres que examina. Dos de ellos tienen el dedo índice de la mano derecha manchado de negro. El tercero, el índice de la mano izquierda.

—Seguro era zurdo —sentencia.

Sin ningún pudor y sin ningún miedo, como si fuese un anatomista, huele esos tres dedos buscando un aroma común, que rápidamente encuentra.

—Fueron envenenados —le dice al muchacho, que mira cada una de las escenas sobrecogido.

—¿Por quién? —pregunta el joven, que desde que ha comenzado la exploración de los cuerpos, lleva en la boca y la nariz, firmemente apretado, un pañuelo empapado en vinagre para que no llegue hasta él el humor maldito de la muerte.

—Eso no lo sé —responde Baskerville con una sonrisa—. La observación de los efectos no proporciona información clara y fidedigna sobre las causas. Tres monjes muertos, envenenados por una sustancia misteriosa. Pudo haber sido administrada por otro o los hombres la han ingerido, o tocado por lo que parece, de forma voluntaria.

—Pero eso sería atentar contra la propia vida. ¡Unos monjes jamás cometerían ese pecado indigno contra la ley de Dios! —responde inmediatamente el muchacho, recordando sus primeras clases de Teología.

—Cierto—afirma Baskerville—. Pero también puede ser que, a pesar de hacerlo voluntariamente, no supieran del terrible desenlace que esa acción desencadenaría.

—¿Un accidente entonces? ¿No es demasiado extraño?

—A lo largo de mi vida, que no es corta, he visto una y otra vez casualidades que no lo son, actos enloquecidos realizados por personas cuerdas, y por el contrario, acciones de una dramática humanidad llevadas a cabo por locos. No hay nada más insondable y extraño que la mente humana, mi joven amigo. Apréndetelo bien. —Y Baskerville pone por encima del último cuerpo que ha revisado el hábito sucio y rasgado que fuera del monje para cubrirlo de su llamativa desnudez.

La abadía es famosa, más allá de los propios confines de Italia, por albergar una espléndida, inmensa y laberíntica biblioteca. Y los monjes son considerados por propios y extraños como, tal vez, los mejores copistas y coloristas de Europa. Reyes, emperadores y señores feudales han encargado más de una vez algún libro bellamente ilustrado a los fieles guardianes de esa tradición, que cobran en oro por su distinguido y perfecto trabajo.

Han elaborado, por ejemplo, cuatro copias idénticas de la llamada «Biblia de los cruzados», realizada originalmente en el año de 1240 por encargo de Luis IX de Francia para altos dignatarios de la Iglesia.

Son solo cuarenta y seis folios bellamente dibujados y coloreados, pero llevaron muchos años de paciente labor a los seis miniaturistas que los iluminaron siguiendo una técnica inigualable. Se trata de hermosas imágenes que narran los acontecimientos de la Biblia ambientándolos en la Francia del siglo XIII . Es, sin duda, un valioso testimonio sobre la vestimenta, los instrumentos musicales, las armas y armaduras de la época, pero sobre todo es un libro valiosísimo para la preservación de la fe.

Guillermo de Baskerville sabe que se conserva una copia intacta en la monumental biblioteca de la abadía. Muy pocos ojos en el mundo han podido ser testigos de la belleza y calidad ejemplar de ese prodigio. Y ha pedido permiso para verla.

En el fondo sospecha que es en la propia biblioteca donde se encuentra la solución al misterio de la muerte de los tres monjes envenenados, pero el único que sabe de esas conjeturas es el muchacho, que conforme pasan los días está cada vez más asustado.

Los monjes de la abadía son huraños, sombríos, muy poco amables y también muy silenciosos. Tan solo se escuchan por los pasillos, sobre todo de noche, quejidos largos e intermitentes, quejidos de dolor. Baskerville le ha contado a su joven alumno que entre esas paredes se sigue usando el viejo método de la autoflagelación de la carne.

—Ellos mismos se infligen heridas en la espalda o las piernas por medio de látigos con punta de espinas, recordando el sacrificio de Cristo, alejándose así de lo mundano, de las bajas pasiones de los hombres —le aclara su maestro y guía.

Ahora están los dos en el huerto de la abadía, entre la nieve, rebuscando en medio de los hierbajos y las hileras de coles y papas alguna planta con propiedades medicinales que Baskerville cree haber visto a su llegada.

Pero un alarido los petrifica.

Del ventanuco de uno de los torreones sale la cara desencajada de un monje que no para de gritar.

Un nuevo cadáver ha aparecido. Esta vez en la cocina.

Baskerville toma al muchacho de la manga del hábito y lo jala con urgencia hacia el edificio.

Él va subiendo las escaleras sin resuello.

Una urgencia infinita por aclarar el misterio le atenaza la garganta, lo hace sudar; debido a la inquietud por saber más deja caer las llaves de la puerta al suelo. Pero esta se abre súbitamente.

Sin saludar a quien ha abierto, el muchacho pregunta a bocajarro:

—Mamá, ¿viste donde dejé *El nombre de la rosa*, de Umberto Eco?

Y la madre, que sabe lo que la literatura provoca —sueños, pesadillas, urgencias inmensas, ganas de saber, remolinos en la cabeza y tempestades en el alma—, señala la mesa del comedor, donde el libro espera pacientemente para continuar la aventura junto con el muchacho.

YO

Primera semana completa en cama con hepatitis.

Pensé que iba a ser más terrible de lo que realmente es.

Lo verdaderamente terrible es que vengan tías, tíos, primos, amigos y hasta vecinos a visitarte; solo falta que suba el cartero. Se instalan en una silla frente a la cama y tú, amarillo, adolorido y todo, tienes que sonreírles y ofrecerles las galletitas que dejó tu mamá en la mesa de noche, amablemente, para lo que llama «las visitas».

Pero lo que son en realidad es una verdadera pesadilla. Hablan sin parar, hacen chistes malos, cada diez minutos preguntan cómo estás, como si por arte de magia hubiese desaparecido la hepatitis por su benéfica presencia. Y todos los días, como una maldición, aparece alguna, sin fallar. Y me ponen de pésimo humor. Aunque encontré un método bastante bueno para alejar esas plagas.

En cuanto oigo que suena el timbre de la puerta, me hago el dormido. Así, con todo el cinismo del mundo mundial.

Me acomodo contra la pared y me cubro la cabeza con las sábanas, e incluso a veces, cuando la visita entra en la categoría de «francamente terrible», como mi tía Juana Inés o la vecina de enfrente, ronco. Y no ronco levemente. Hago perfectos ronquidos que incluso a mí, de tan sonoros y exagerados, me parecen una mala imitación de una morsa que estuviera pariendo morsitas gemelas, o un elefante africano capturado en una red «barritando» (así se dice y me encanta como suena) hasta que el invasor sale de mis dominios.

Funciona tres de cada cinco veces. Ayer, por ejemplo, sentí la presencia de la tía en la puerta, que llegó hasta allí reptando como una serpiente, moviéndose lentamente, casi sin respirar ni hacer crujir sus vestidos del siglo antepasado. Por mal cálculo, pensé que se había ido y en cuanto me di la vuelta para espiar bajo las sábanas, corrió a llenarme la cara de marcas con su lápiz labial de color imposible.

Le expliqué que la hepatitis se contagia y que es peligrosísima.

Pero por lo visto le da lo mismo.

Una de sus aficiones es besar jovencitos enfermos. La otra es hornear galletas que saben a demonios. Lo suyo, lo suyo no es la cocina. Se esmera, es cierto, pero como habla tanto por teléfono, todo el tiempo, incluso en los momentos en que cocina, seguro le pone de más o de menos a las famosas galletas. A veces se le pasa la harina, o la sal, o el agua, o el horno. Nunca quedan como ella piensa que quedan. Pero me las como. Y sonrío como un pequeño santo. Pero en cuanto se descuida las escupo en la servilleta que tengo preparada para tal fin. Y mirándola a los ojos, cínicamente, le digo que están buenísimas. Es divorciada. No creo que sea por su manera tan extraña de cocinar; más bien, como dice mi mamá, es por pura mala suerte.

Yo la quiero y mucho. Si no fuera por los besos y las galletas, no tendría la más mínima queja. Es muy cariñosa y divertida. Habla de cosas que parece que pasaron en otra época, aunque es menor que mi madre. Ella piensa que el pasado es mejor que el presente. Yo no. El presente, a pesar de la hepatitis, es mucho mejor que el pasado que ya pasó y que el futuro que no ha llegado todavía. O sea, es mejor el ahora mismo.

Al resto de las visitas «indeseables» les ofrezco galletas de la tía. Pero algunas son persistentes y regresan.

Paso gran parte de la tarde evitando visitas. La mañana es completamente mía. Terminé el libro de Holmes. Y me encantó. Lo confieso sin ningún pudor. Me pareció fantástico y el tema ese de la deducción por medios científicos me ha dejado asombrado y boquiabierto. Ahora veo todo con otros ojos, intento averiguar (aunque muchas veces adivino) cosas sobre los que me visitan y cada vez voy mejor. Observo detenidamente y saco conclusiones lógicas. Sin ir más lejos, ayer papá llegó a sentarse en mi cama por la noche y rápidamente, de un vistazo apenas, descubrí algunas cosas que le dije y que lo dejaron asombrado.

—Comiste mango —le solté de golpe.

Se me quedó viendo como si yo fuese una suerte de mago de película.

Y le puse el índice de mi mano derecha en la minúscula manchita amarilla que se podía ver cerca del bolsillo de su camisa blanca. Se rio.

Luego le solté:

—Llovió cuando saliste del trabajo, ¿verdad? —a pesar de que por nuestra casa no había llovido.

Se miró a sí mismo de arriba abajo sin encontrar huellas delatoras de mi aseveración.

Y señalé un par de briznas de pasto en su zapato, mojadas. En casa no hay jardín, así que las adquirió en la oficina, en el pequeño rectángulo de pasto que hay entre su auto y la salida del edificio de la empresa donde trabaja

Estaba bastante sorprendido.

—¿Dónde aprendiste a hacer eso? —me dijo admirado.

—¡Elemental! Sherlock Holmes. Tú pusiste el libro en la mesita —contesté.

Se levantó sin decir nada y tardó un rato en volver a mi cuarto, con algo en la espalda.

—Allí traes otro libro, ¿verdad?

—Elemental, querido hijo —contestó.

Y puso entre mis manos *Harry Potter y la piedra filosofal*, de J.K. Rowlling, todavía con el plástico que indicaba que era completamente nuevo. Lo había comprado, según me enteré, esa misma tarde.

—Ya viste cómo se hace magia con la observación científica, ahora vas a ver cómo se hace magia con la imaginación —me dijo mientras me entregaba el libro y me daba un beso y un abrazo. A él no le da miedo que yo tenga hepatitis. Parece ser que los padres no se contagian por algún extraño motivo. En caso contrario, ¿se imaginan una casa llena de seres amarillos en cama sin ser chinos en una noche de luna en Pekín?

En mi clase algunos lo leyeron ya y dijeron maravillas sobre él. Pero entonces yo estaba muy peleado con los libros. Con todos los libros. Me parecían instrumentos diabólicos con los que se torturan adolescentes. Nunca nadie me dijo que podían ser divertidos. Un libro era lo mismo que «aprender» y en la escuela mis maestros los usan con ese único fin. Incluso, y esto me apena muchísimo, la biblioteca de nuestro colegio se usa para castigar a los alumnos. Una especie de calabozo, por llamarlo de alguna manera.

—¡Ya te vi, Guillermo! ¡Por levantarle la falda a Lorena te vas castigado a la biblioteca! —ruge la directora mientras con un dedo de larga uña roja señala el lugar del suplicio, al otro lado de la cancha de basquetbol.

Y Guillermo, pobre, se va compungido rumbo a ese lugar terrible donde ¡solo hay libros! Nada con lo que divertirse o pasarla bien. Inhóspito, aburrido lugar donde no cabe la sonrisa. Y allí tiene que soplarse una hora entera mirando el techo, o lanzando bolitas de papel al cesto, o quitándose la suciedad de las uñas o tirándose pedos intentando que suenen como los primeros compases de la Quinta de Beethoven.

Si alguien nos hubiera dicho que los libros eran lo que ahora voy descubriendo que son, otro gallo cantaría. Y Guillermo podría tomar cualquiera de ellos y tal vez viajar en globo, hundirse en las profundidades del mar o cambiar su vida. Cuando vuelva a clases voy a ver si hay libros de Holmes y su ayudante Watson. De ser así, le levantaré la falda a la primera que pase a mi lado las veces que sean necesarias.

Algo me está pasando. Me he puesto feliz porque mi padre me regaló un libro. Debe ser esta enfermedad. Unas semanas antes le hubiera sonreído, igual que a la tía Juana Inés cuando llega con sus platos de galletas; le hubiera agradecido amablemente y lo habría puesto en la mesa de noche, esperando pacientemente que alguien cayera en la trampa.

Pero gracias al señor Holmes, y a mi papá, por supuesto, parece que le encontré el gusto a la lectura. Oí decir que eso de leer es un «hábito» que se adquiere con el paso del tiempo, como lavarse los dientes o dormir ocho horas, o comer verduras y además disfrutarlo; pero me parece que va más allá, mucho más allá.

Creo que este es solo el primer paso.

Y que me faltan muchos todavía para poder aprender a caminar.

Abajo hay una biblioteca entera.

Pero tengo hepatitis y, por lo tanto, tengo tiempo.

Por lo menos por las mañanas. En las tardes, con la pena, tengo que lidiar con las visitas…

ELLA

—Hamburguesa doble con papas y malteada de fresa, por favor —dice Isa sonriendo y relamiéndose por anticipado.

—¿No estabas a dieta? —pregunta escandalizada Roberta, su mejor amiga, mirando hacia todos lados como si pudieran ser descubiertas en falta.

Están en el pequeño restaurante que puede verse desde la escuela y donde se reúnen algunas tardes a charlar. Su cumpleaños se acerca. Roberta también está pasada de peso y acaba de pedir una ensalada sin aderezo; se tendrá que conformar con ponerle tan solo un poco de sal. Lucha desde hace mucho con sus pantalones preferidos (los de pana), que están a punto de no poder entrarle nunca más.

—Estaba. Tiempo pasado —responde Isa.

—¿Y tu cumple?

—Habrá fiesta. Ya lo sabías, ¿no? Fuiste la primera invitada —contesta Isa un poco agresiva.

Roberta no sabe cómo seguir con la conversación. Si parar allí y hacer que no pasa nada o insistir con ese tema candente que por lo visto incomoda tanto a la que es su aliada desde que eran tan pequeñas como unas muñecas. «Al demonio», piensa Roberta; «para eso justamente somos amigas». Y se lanza por un camino que no sabe a ciencia cierta hacia dónde va a conducir.

—¿Y el vestido?

Isa la mira con ojos centelleantes. Como si su mejor amiga de toda la vida hubiera proferido una maldición terrible, como si hubiera dicho una grosería. Sopla una ráfaga de viento que la despeina. Un instante apenas. Se saca el fleco de la cara y ya es otra, más serena. Contesta con otra pregunta.

—¿Para qué quiero un vestido si lo que estoy buscando es la eudemonía? —Y sonríe beatíficamente.

Roberta se queda de una pieza. No tiene ni idea de lo que habla esa muchacha que tiene enfrente y de la que pensaba que conocía hasta sus más íntimos secretos. ¿Será una marca nueva de teléfono celular de la que nunca ha oído hablar?

—Ya —responde lacónicamente. No quiere quedar, por ningún motivo, como una ignorante. Ella lee menos que Isa, pero no tanto como para estar tan lejos como siente que se encuentran en este momento. Cada una en un polo distinto de la tierra. Ella al norte, más helada que nunca.

En ese momento pasa un jovencito por la calle. Lleva una camiseta blanca con letras rojas sobre su pecho que pueden leerse a la distancia: «Me llamo Sebastián», dice. Isa se ríe y lo saluda familiarmente con una mano al aire, como si fuera una actriz en una alfombra roja. El chico le devuelve el saludo desde lejos, sonriendo también, y prosigue su camino.

—¿Quién es ese? —pregunta Roberta intrigada.

—¡Sebastián! ¿No lo leíste?

—¡Claro que lo leí! Pero no lo conozco. —Ahora la que centellea es ella. Está a punto de armarse una trifulca.

—Estaba en clase conmigo, pero se cambió de escuela. ¿No te enteraste de un chico que apareció en clase semidesnudo hablando de los apaches o los sioux? Ya no me acuerdo.

—¡Claro! El que se quedó huérfano, ¿no? —dice Roberta recuperando el tono de familiaridad habitual que hay siempre entre ellas.

—El mismo. Es un encanto. A veces me presta libros, vive muy cerca —confiesa Isa.

—¿Y por qué tiene que decirle a todo el mundo cómo se llama, en rojo brillante y desde su camiseta?

—Para que no le digan chaparro, enano, Sebas o de cualquier otra manera. Ya ves cómo son… —Isa toma la mano de su amiga para hacer las paces silenciosamente. Puede pasar un torbellino entre ellas y arrasarlo todo, pero en cuestión de segundos seguirán siendo las mejores amigas sobre la tierra.

—A lo mejor necesitamos unas que digan Roberta e Isabel para que dejen de decirnos gordas, ¿no?

Y comienzan, al unísono, a carcajearse con ganas. La mesera trae sus platos en una charola tambaleante. Las mira como si hubieran escapado hace unos segundos de alguna institución mental, pero no dice nada; ya está acostumbrada a los desplantes y locuras de los muchachos y muchachas de la escuela de enfrente.

Un poco más calmadas miran sus platos. Hay una diferencia notable entre ellos.

Isa toma un cuchillo y corta milimétricamente por la mitad su enorme hamburguesa. Pone uno de los trozos sobre la cama de lechuga que Roberta tiene enfrente.

—No, no, no, no —dice su amiga poniendo las palmas abiertas de las manos frente a ella.

—¿A poco no tienes hambre? —le revira Isa imitando la voz de un diablillo juguetón.

—Sí tengo, pero es que estoy a dieta —contesta tímidamente la muchacha mientras la boca se le va haciendo de agua.

—Estabas. Come sin culpa, querida. Que unos pinches pantalones no te maten de hambre, por favor. —Y la propia Isa se queda sorprendida por la palabra que acaba de usar. En su casa son muy propios y nadie dice «malas» palabras, pero esta vez le salió del alma. Unos «pinches» pantalones es la mejor descripción que puede hacerse de ese vejestorio que Roberta adora y que se pone por lo menos dos veces por semana, desteñidos, rotos por la campana, con un agujero en una de las bolsas de atrás que impide que guarde allí monedas o papeles a riesgo de perderlos enseguida. Además, no es tan grave, pero Roberta ha puesto los ojos como platos, sorprendida.

—¡Mis pantalones de pana no son, por ningún motivo «pinches»! —responde airadamente.

—Pinchísimos. Recontrapinches. Megapinches. Pinchérrimos —va diciendo Isa mientras se mete un par de papas fritas a la boca—. *Pinchipinchipinchisimísimos.* —Y estalla en carcajadas, una vez más, escupiendo las papas sobre la mesa.

Roberta toma un tomate *cherry* y se lo tira al escote, haciendo una canasta de tres puntos. Levanta los brazos como un jugador profesional celebrando su victoria.

Se vuelven a reír, las dos, desatadas. Desde el interior del restaurante la mesera se sonríe. Le gustaría volver a tener catorce años y reírse con tanto gusto como lo hacen ellas. Pero sabe que esos juegos siempre terminan mal; está por salir a reconvenirlas cuando ve que las muchachas se levantan y se funden en un gran, emotivo, maravilloso abrazo. Están llorando. Pero seguro debe ser de risa.

—No están tan mal —le dice Isa a su amiga al oído.

—Mentira. Hay que tirarlos. Hoy mismo. Están megapinches, como dices.

Se vuelven a sentar y atacan la hamburguesa partida por la mitad con ganas, como si no hubieran comido en siglos.

Entre sorbo y sorbo de malteada, Isa le pregunta a su amiga:

—¿Por qué nos preocupa tanto la ropa?

Y Roberta se queda pensándolo un segundo.

—Será que la moda nos influye, como dice la maestra de Ciencias Sociales. ¿Porque queremos ser otras diferentes a las que somos?

—Yo no quiero ser otra —responde Isa—. Quiero eudemonía y heroínas de literatura que me gusten.

—Lo primero no lo tengo, ni sé qué diablos es. Lo segundo tal vez sea un poco más fácil —afirma Roberta mientras mete la mano a su atestada mochila escolar. Isa siempre ha dicho que si la corrieran de su casa, Roberta podría vivir en la mochila sin problemas.

Saca un libro y lo pone sobre la mesa, entre los restos de los platos que han consumido vorazmente. *Orgullo y prejuicio*, de Jane Austen.

—Gran título para rematar lo que acabamos de vivir. —Sonríe pícaramente Isa mientras lo toma entre las manos, alejándolo de una mancha de mostaza que quedó sobre la mesa, a unos centímetros del tomo.

—Te va a encantar. La protagonista se llama Elizabeth Bennet. Es una mujer y es como tú. Una guerrera rebelde que no se deja de nadie.

—De entrada me gusta la idea. ¿Me lo prestas?

—Te lo regalo.

Están levantándose otra vez para abrazarse cuando aparece un personaje siniestro por detrás de su mesa, Manlio Fabio. El típico «matón» que hay en todas las escuelas del mundo, que se ensaña con los débiles y al que le gusta molestar a todo el que se cruza por su camino. Es alto, tiene la cara llena de espinillas y el pelo de aceite; lleva un cigarrillo encendido en la mano y viene acompañado por un par de personajes más jóvenes que se ríen de todas las malas ocurrencias del tipo.

—¡Las gordas son novias! ¡Las gordas son novias! —canta Manlio desafinadamente mientras las señala con el cigarrillo. Los otros dos se ríen como si estuvieran frente al mejor comediante del mundo.

Isa ya ha sufrido algunos desplantes e insultos del personaje, incluso en plena clase. Ha sido expulsado un par de veces, pero siempre vuelve. Y cada vez más agresivo, más molesto, más demoledor con sus bromas y chanzas desagradables.

Las amigas se sueltan y vuelven a sus lugares en la mesa.

—¿Cuándo se casan, gordas? —pregunta Manlio mientras toma una de las papas fritas que aún quedan sobre el plato. Isa hace un gesto para repelerlo y él le agarra la mano con demasiada fuerza.

—¡Suéltame, imbécil!

—¡Uyyy, qué genio! ¿No van a invitar a la boda? —insiste el salvaje. Pero la suelta.

Roberta se arma de valor y sin moverse de su asiento contesta en voz baja:

—Para ir a nuestra boda va a haber prueba de coeficiente intelectual. Y tú no pasas.

El libro está sobre la mesa. En un instante, Manlio ya lo tiene entre las manos y comienza a hojearlo.

—Seguro solo van a ir gordas como ustedes. Gordas lesbianas. —Y con dos dedos de la mano derecha rompe una de las hojas del libro y lo deja caer al suelo.

Isa está llena de rabia. Recoge la hoja del suelo y lo encara.

—¡Dámelo! Ahora mismo. —Jamás había hablado tan en serio en toda su vida.

—Y si no, ¿qué?

Y sin previo aviso, ese matón de tercera está en el suelo, fulminado por una patada que Isa le acaba de dar con todas sus fuerzas en los testículos.

Le quita el libro de las manos mientras Manlio se retuerce en el piso. Roberta está llorando quedamente. Sabe que el tipo no se va a ir tranquilamente. Los que lo acompañan están inmóviles, como si se hubiesen vuelto de piedra, y miran la escena alucinados.

Ellas recogen sus cosas lo más rápidamente que pueden, pero Manlio ya está de pie, mirando a Isa rojo de cólera.

Levanta la mano para abofetearla.

Pero otra mano, salida de la nada, lo detiene.

Es un hombre de unos cuarenta años, bien parecido, vestido con *jeans* y camisa de cuadros. Aprieta con su puño la mano del muchacho.

—A las mujeres no se las toca ni con el pétalo de una rosa —dice mientras comienza a apretar cada vez más fuerte.

Manlio cae de rodillas. Pide perdón a gritos. Incluso lloriquea. Sus compinches han desaparecido.

—Nunca te vas a volver a acercar a estas señoritas, ¿verdad? —pregunta el hombre.

—¡No! Ya suélteme, por favor.

—¡Júralo o volveré una y otra vez!

—Lo juro —balbucea entre sollozos el otrora poderoso Manlio.

Lo suelta por fin. Manlio corre despavorido.

Las chicas se deshacen en agradecimientos. Isa lo ha visto otras veces. Es Paco, el tío de Sebastián.

—¿Están bien? —pregunta Paco mientras ayuda a las muchachas a guardar sus cosas en las mochilas.

—Sí, mil gracias. Creo que Manlio ya entendió —contesta Isa.

—¡Manlio! En el nombre lleva la penitencia. Cualquier cosa me avisas. Sin pena

Paco paga incluso la cuenta y las acompaña un par de calles para asegurarse de que el matón no ronda por allí.

Luego se marcha caminando tranquilamente, silbando una canción vieja de rocanrol inglés, de los Rolling Stones, que Roberta piensa que se llama «Simpatía por el diablo» .

—¡Guauuu! Podría enamorarme de él —exclama Roberta.

—Podría ser tu papá. No digas eso. Es una bellísima persona.

—Da igual. Fue todo un caballero. Pero tú, querida, eres mi heroína de literatura y de la vida real.

—Estaba muerta de miedo —confiesa Isa sonrojándose—. Pero no me arrepiento para nada.

—Eres como Elizabeth Bennet pero más ruda.

Se despiden abrazándose otra vez. Ya se verán por la mañana.

Isa camina por la calle mientras un par de nubarrones se plantan en lo alto del cielo.

Piensa que, tal vez, el camino a la felicidad, la eudemonía, también puede comenzar con una correcta, contundente patada en los testículos del mal.

ELLOS

Ulises se levanta todos los días a las cinco de la mañana. Es la única forma de poder llegar a la cafetería a las nueve, la hora de entrada que tiene que marcar, religiosamente, en el reloj checador que está en la cocina si no quiere que le descuenten dinero de su ya muy raquítico sueldo.

Para poder llegar hasta su trabajo camina casi dos kilómetros en la oscuridad de su colonia, que no tiene luz, sube a un autobús suburbano, toma el metro y camina unas veinte calles más, siempre al filo de la navaja, agitado, como un corredor de maratón. Y pese a todos sus esfuerzos por llegar siempre a tiempo, tiene que aguantar con enorme resignación la cara de su jefe, el supervisor, que lo mira como si estuviera cometiendo una falta.

Checa como un rayo y luego se va al baño a lavarse muy bien la cara y las manos, ponerse el uniforme blanco con el logotipo de la cadena de restaurantes y acomodarse cuidadosamente la red en el pelo y los guantes de plástico que lo hacen sudar como loco. Además, tiene que sonreír durante las casi ocho horas que pasa frente a la parrilla friendo huevos, haciendo sándwiches, bocadillos, *hot cakes* o lo que pidan los comensales, que no siempre quedan contentos con su esfuerzo y entonces, sin dejar de sonreír, hay que repetir el plato.

Y cada mes debe pagar un porcentaje por los platos devueltos que están poco hechos, o por el contrario, pasados, o los muy fritos, o con demasiada sal, o poca azúcar. Afortunadamente, cada vez son menos. Antes de esta experiencia enloquecida no sabía ni siquiera hacer un caldo de pollo como es debido, aunque parezca una verdadera tontería.

Desde que lo despidieron de su trabajo como mensajero de una agencia de publicidad por recorte de personal, la vida ha sido realmente difícil. Lo único que extraña de su anterior empleo es la pequeña moto, que incluso podía llevarse a la casa. Con ella, los tiempos de traslado eran mínimos comparados con los que ahora le toca hacer todos los días.

Pero no hay mal que por bien no venga, se dice convencido.

Cerca de su casa hay una biblioteca pública donde prestan libros con tan solo presentar una identificación. Y la ha aprovechado.

Las tres horas y media de trayecto le permiten leer. Lee todo lo que no leyó en la secundaria y la preparatoria por esa indiferencia y apatía que les da a los jóvenes, como una plaga, cuando son obligados a algo. Y con toda razón.

Comenzó a leer para impresionar a Pe, su novia de toda la vida. Porque ella leía y le hablaba de cosas que Ulises no entendía y con las que difícilmente se sentía identificado, así que por imitación, por no perderla, por estar a su altura, comenzó también a hundirse en mares de papel. Y le fue, poco a poco, tomando el gusto, encontrando en las letras, en las palabras, en las oraciones, significados profundos que le hablaban siempre de sí mismo, como si fueran un espejo benefactor. Mientras, el amor, como una planta, crecía y se enredaba entre los dos.

En tres trayectos devoró literalmente *Siete esqueletos decapitados*, de Antonio Malpica, una novela de terror muy mexicana y francamente estupenda. Veinte viajes le costó *Cien años de soledad*, de García Márquez, y todavía se siente uno de los Buendía. Cinco y medio, *Canción de tumba*, de Julián Herbert, esa novela triste, dura y, sin embargo, conmovedora, escrita tan brillantemente que, embebido en sus páginas, logró salir del letargo del tránsito y la rutina.

Ahora mide el tiempo y lo leído de otra manera. Y el viaje es siempre mucho más importante que el destino.

En cuanto entra a la cafetería, corre hacia el reloj checador que está detrás de la puerta, lejos de las miradas curiosas de los clientes. Y parado junto al artefacto, siempre, como una estatua maligna, lo mira con maldad Ranulfo, el supervisor del turno matutino. Todos los empleados lo llaman a sus espaldas «El abominable hombre de las nueve». Por algo será.

Afortunadamente, ahora está en la cocina; antes era un suplicio el tema de los cafés de «diseño» que se han puesto tan de moda y que de tan complicados son hasta ridículos. Solo aguantó dos meses de barista de café.

—¡Sale para Yoya un *macchiato* grande, doble espuma, con leche de soya y caramelo extra! —anunciaba Ulises con voz profesional aprendida en el curso de introducción de la gran cadena. Tenía que hablarle de tú a los clientes, sonreírles todo el tiempo y preparar asquerosidades como la anteriormente descrita. Él jamás se bebería «eso». Yoya tiene un mal gusto espeluznante.

Cada dos horas tiene un receso de diez minutos. Casi todos lo usan para fumar. Ulises ya se dio cuenta de que en diez minutos exactos puede leer por lo menos cuatro o cinco páginas, bien leídas.

Los libros le han devuelto la vida. Se han convertido en bálsamo para las heridas, ladrillo que construye casas donde viven los sueños y la imaginación, burbuja que lo protege de la banalidad de los macchiatos de leche de soya y doble caramelo.

María Circe, su compañera de turno, tiene unos ojos verdes estremecedores que lo fulminan cada vez que lo encuentran en su camino. Ella no necesita el trabajo, no como él. Es solo para pagarse el cine, la ropa, las fiestas. Una niña de familia acomodada que está probando qué se siente ser independiente. Pero no le tiene ni envidia ni mala fe.

111

Ulises, en cambio, malvive con lo que gana. Y revive con las palabras que van saliendo de los libros.

Todo el tiempo escucha las voces, hasta en sueños, de Camila y Sonia, sus vecinas «las sirenas», dos gemelas guapísimas que intentan convencerlo de irse de paseo a la menor provocación, a la disco, a la tardeada, hasta al futbol lo quieren llevar. Pero Ulises se ha amarrado el cinturón y no cede. Hace oídos sordos y no las escucha por más embelesos y carantoñas que las dos realizan con gracia sin igual...

La semana pasada lo quisieron asaltar en el autobús, justo al querer bajarse. Apenas despuntaba el amanecer naranja de la ciudad, que todos dicen que es a causa de la contaminación.

Dos tipos muy jóvenes armados con navajas se subieron. El vehículo traqueteante y maloliente venía atestado. Y él, de pie.

Cuando le sacaron de la bolsa del pantalón los únicos veinte pesos que traía, se pusieron como locos.

Antes de saltar del autobús todavía en marcha y desaparecer en una calle oscura, le clavaron la navaja en la zona de los riñones.

Y la navaja rebotó en la vieja edición de la *Odisea*, de tapa dura, que traía entremetida en el pantalón, oculta por la chamarra. No sufrió ni un rasguño.

Ulises sabe desde entonces que los libros salvan.

Literalmente.

ÉL

Es cierto que tiene pocas cosas en la vida, pero ellas le bastan.

Hace un recuento somero: su caballo con arreos, un jubón de lana, una escudilla y un tenedor, una capa roja bermellón, unas botas de cuero, camisola y pantalón, un odre que debería contener vino del Dorne pero que casi siempre está lleno de agua, una espada de acero valyrio heredada de su abuelo, y lo más importante, el honor.

Algunos piensan que es una «espada a sueldo», un «mercenario» que alquila su destreza para cualquier fin a cambio de monedas, pero no es cierto. Él decide a qué causas unirse y por qué, y lo hace a cambio de comida, de fuego que ilumina y calienta por las noches y, de vez en cuando, de parte del botín de guerra.

Todos saben que no es cruel, que jamás mataría mujeres o niños ni a alguien desarmado, que es confiable y sería incapaz de traicionar la causa a la que ha prestado su habilidad y su fuerza.

Es hijo ilegítimo, nacido de un noble y una campesina del Valle, muy cerca de Nido de Águilas. Hay decenas de «bastardos» como él caminando por el mundo, intentando encontrar un lugar en la tierra.

Muchos entran a la Guardia de la Noche y acaban sus días muertos de frío y de hastío, mirando desde lo alto del Muro las tierras salvajes de donde se espera, desde tiempos inmemoriales, una invasión que no llega nunca.

No tuvo un maestro espadachín de Braavos como sucede con los hijos de los poderosos en los Siete Reinos; aprendió por sí mismo, pegando con un palo una y otra vez contra los árboles y sobre todo contra las sombras, hasta que le sangraba la mano, hoy curtida y feroz como pocas se han visto.

No sabe ni quiere saber de intrigas palaciegas, de traiciones y asesinatos con poderosos venenos, de compra y venta de personas y voluntades por medio de oro, de blasones, lemas y casas imperiales que hoy por hoy se disputan palmo a palmo, desde todos los confines de la tierra, el poder, representado por el trono de espadas fundidas que hay en Desembarco del Rey.

Un trono maldito que enloquece a los cuerdos y convierte a las personas aparentemente normales en terribles animales sedientos de sangre.

En cuanto cumplió trece años, su madre le dio, envuelta en un cuero de gamuza, la impecable espada de acero valyrio que hoy lo acompaña a todas partes, pero no le dijo nunca quién era su padre, al que amó hasta el último día de su vida llena de penurias y de hambre.

Una espada como es debido tiene un nombre, lo sabe todo el mundo. Y él no duerme, vagando por el bosque por las noches, buscando el correcto.

Ha oído de los dragones, pero no los ha visto nunca; sabe de su enorme poder destructivo y sabe también que no hay espadas en el mundo que puedan vencerlos.

Teme más a los hombres, a esos que son capaces de todo, con una crueldad desmedida, por tener lo que quieren. Los teme y los desprecia por partes iguales. Más de una vez ha tenido que hundir su acero en las tripas de esos que se dicen civilizados y se comportan como verdaderos salvajes.

Escucha un rumor de hojas cerca de él. Y en una noche sin luna es muy probable que sea un salteador, un asesino, un ladrón; todos ellos mucho más peligrosos que los animales que habitan estos desolados parajes.

Desenvaina la espada sin hacer ruido, sigilosamente.

A veces quisiera tener un arco y flechas, o por lo menos compañía, pero por lo que ha visto y vivido en los últimos tiempos, desde la ascensión terrible de la Casa Lannister al trono, no hay en quién confiar; el oro compra voluntades y personas, cosechas completas y espadas al por mayor.

Hoy, en los Siete Reinos, cualquiera es un potencial aliado del dinero, y, por lo tanto, un servil lacayo de los Lannister, antes que cualquier otra cosa. Podría cambiar su espada por un arco de roble, un carcaj con flechas y mucho oro, pero el tiempo que se necesita para aprender a usar el arco de la manera correcta sería, sencillamente, el tiempo que le quedaría de vida en esta tierra. Duraría lo mismo que un pastel recién horneado puesto al descuido en una ventana mientras se enfría.

En cambio, la espada es una extensión de su mano, parece que piensa por sí misma, se mueve con él, duerme con él y en ella está cifrado su futuro.

Mira hacia la espesura.

La enorme nube que hay sobre su cabeza se disipa momentáneamente y un haz de luna ilumina el entorno. Entre los árboles hay un inmenso animal, el más grande que haya visto nunca. Un par de ojos centelleantes y rojos lo miran entre los arbustos. Está agazapado, esperando el momento preciso para echársele encima y convertirlo en su cena.

Detrás de él hay tan solo un par de raquíticos matorrales. No hay manera de correr o de esconderse.

La bestia se mueve lentamente hacia el claro. Es un lobo inmenso. Un lobo huargo. Son muy pocos los que se han enfrentado a una bestia de esa envergadura y han vivido para contarlo. Alguna vez, en una posada conoció a un hombre sin manos que relataba un encuentro con uno de ellos y el obvio resultado.

Ya tiene la espada en la mano. El lobo gruñe y parece que la tierra se mueve bajo sus patas. Es un inmenso lobo albino.

Piensa en su madre, en los dioses, en todos los amaneceres que nunca verá y en todas las mujeres con las que no pasará la noche. Piensa en los vinos especiados y en el olor del pescado sobre los carbones ardiendo, piensa en la leche con miel y en los higos de…

El lobo salta.

Un salto fenomenal, fuera de este mundo. Él se agazapa, acuclillado, con la espada en ristre.

El lobo pasa sobre su cabeza. Cierra un momento los ojos y escucha un chillido, un crujir de huesos, una sacudida de los matorrales.

No era él su presa.

El lobo tiene las fauces en el cuello de un gran jabalí, a un par de metros de su espalda.

Escucha un silbido. Humano. El lobo levanta las orejas sin soltar por un segundo a su presa.

Aparece en la escena un guardia de la noche, vestido del negro profundo, el negro ala de cuervo que los distingue y del que se enorgullecen.

Se miran uno a otro.

El hombre tiene la mano sobre la empuñadura de la espada. Por un instante piensa que hubiera sido mucho mejor enfrentar al lobo que al guardia que lo mira con ojos como centellas.

Pero contra todo pronóstico, el guardia sonríe.

Él retira su espada. El guardia levanta las manos, ese gesto universal que significa paz.

Se acerca con una mano extendida.

—Jon Nieve —se presenta.

Es un bastardo de los Stark de Invernalia. Su medio hermano es hoy por hoy el Rey del Norte, todo el mundo lo sabe. El emblema de la casa es un lobo huargo tan parecido al que ahora sujeta al jabalí que da escalofríos.

Se dan la mano finalmente. Dos hombres, un lobo albino y un jabalí muerto en medio de la nada.

—Fantasma invita la cena —dice Jon Nieve mientras empieza a acarrear madera al claro para hacer un fuego.

Él lo ayuda.

Y en un santiamén, sin previo aviso, están rodeados por capas doradas: la guardia de los Lannister. Son más de diez.

Él decide qué partido tomar en ese mismo instante. Se pone espalda con espalda con lord Nieve. La luna hace refulgir sus espadas. Las dos del mejor acero valyrio.

—Se acerca el invierno… —anuncia el guardia de la noche mientras tira la primera, mortal estocada.

Por fin sabe cómo se llamará, si sobrevive, su espada: Justa.

Él levanta la mano con una fuerza que no había sentido nunca. Y el libro sale despedido por los aires.

Está leyendo *Tormenta de espadas*, el tercer tomo de *Canción de hielo y fuego*, de George R. R. Martin.

El pesado volumen se estrella contra el vaso de agua que hay en la mesita de noche, haciendo un estropicio.

Es una suerte inmensa que todos estén dormidos en esta noche en que vale la pena jugarse el todo por el todo.

Ya vendrá más tarde el inmenso lobo albino a lamer el agua que ha caído en el suelo.

YO

«No estoy solo, estoy conmigo…».

Eso me repito a mí mismo cada vez que oigo ruidos incomprensibles dentro de mi propia habitación. Sé que las casas viejas crujen. Que suenan las paredes por el acomodo de los cimientos, sobre todo en una zona de temblores como en la que vivo; hay casas que se mueven porque fueron mal acomodadas antes y que van cediendo por su peso hasta encontrar, por medio de la gravedad, el suelo. A veces, violentamente.

Y sin embargo, cada vez que algo suena, yo tengo estremecimientos. Y no soy miedoso, creo que no creo en fantasmas.

La vecina de al lado, en cambio, sí creía.

Y decía que hasta hablaba con ellos. Por las noches.

Me contó que su marido, que se murió hace como cuarenta años en un accidente de avión, la venía a visitar a las doce en punto de la noche. Y le contaba historias del lugar donde decía vivir, en el que todo era luz y nubecitas y buena onda, pero donde no pasaba nada. Definitivamente todos vemos las cosas de muy diversas maneras. A mí esa visión del cielo, o lo que ella cree que es el cielo, me parece un poco aburrida, pero ella está convencida de que es fantástica.

Yo pienso que simplemente lo seguía extrañando y con tal de verlo una vez más, incluso le parecería fenomenal un elevador de dos

119

metros cuadrados, parado eternamente entre los pisos quince y dieciséis, donde estar juntos una vez más. Y en eso coincidimos. El amor es una cosa inexplicable y capaz de hacerte realizar las mayores locuras o los más absurdos sacrificios.

Cuando se lo dije, ella puso los ojos como platos.

—¡Eso hubiera dicho Enrique! —gritó, acorralándome contra la puerta de mi casa y mirándome como se mira a un experimento en el microscopio que resultó salir espectacularmente bien, o tal vez, terriblemente mal.

Me asusté mucho.

Avanzó hacia mí queriendo abrazarme mientras sollozaba, creyendo (eso lo supe luego) que yo era la reencarnación de su marido. Por suerte, la puerta de mi casa se abrió y yo pude escabullirme dentro, mientras las piernas me temblaban como arbolitos puestos frente a un huracán de esos que azotan siempre el Pacífico.

Mi madre tuvo que hablar con ella. Esto sucedió hace algunos meses y no había vuelto a verla desde entonces; bueno, de lejos sí: me sonreía con unos labios de papel que parecían siempre a punto de quebrarse. La está viendo un médico especialista en pérdidas emocionales que la convenció de que yo no soy Enrique y de que tiene que aceptar que él se marchó para siempre.

Me costó mucho trabajo entender que pudieran existir amores tan fuertes como el suyo, amores de esos que no dejan respirar, ni dormir, ni ver más allá de las propias narices. Amores que trascienden la muerte.

Me da lástima. Pero en el fondo me gustaría mucho que a mí me pasara alguna vez. Sufrir un «mal de amores» como se sufre la hepatitis que me mantiene en cama desde hace tres semanas. Amor que duele en el cuerpo y en el alma, que te agarra de la garganta y no te suelta, aunque pasen cuarenta años y la vida siga su ritmo a tu alrededor.

No creo en fantasmas. Don Enrique ya no está entre nosotros. Pero lo que sentían ambos de alguna u otra manera sigue en el aire y logra que crujan las vigas del techo y que se caigan de vez en cuando los vasos de agua que uno puso en la mesita, en el centro mismo, no en una orilla.

Hoy vino a visitarme, acompañada por mi madre, que todo el tiempo estuvo junto a ella en mi habitación como un perro guardián. Yo sé que es completamente inofensiva, pero no estaba seguro de mi reacción si ella me abrazaba de golpe, me decía Enrique y me pedía que regresara. Pero no pasó nada, por suerte.

Me pidió disculpas. Me dijo que había tenido una crisis, pero que ya estaba bien. Que le daban medicinas.

Y yo pensé que deben ser medicamentos muy poderosos aquellos que logran que se te olvide que alguna vez estuviste enamorado como ella lo estuvo.

Mamá le dio galletas (que se comió con desgano) y ella me dejó un libro envuelto para regalo. No lo abrí en ese momento porque dicen que es de mal gusto mostrarse ansioso cuando te dan un regalo y romper el papel con el que está envuelto como si fueras un niño pequeño esperando el juguete prometido.

Un par de veces me dio la sensación de que se iba a echar a llorar, pero se contuvo como una verdadera guerrera. Nos contó que se va a ir a vivir con una hermana a Los Ángeles, que desde que toma las medicinas ya no va a visitarla su marido por las noches y que por fin, después de tantos años, donó a la beneficencia toda la ropa de Enrique, que había conservado en los armarios y los cajones planchada, perfectamente doblada y oliendo a lavanda. Y confieso que me dio un escalofrío. Y no era porque hubiese guardado la ropa del muerto tanto tiempo, sino por lo que eso significaba.

Y entonces fue mamá la que se echó a llorar quedamente. Un par de lágrimas salieron de sus ojos mientras la vecina contaba lo que contaba. Disimuladamente tomó un pañuelo desechable y se las quitó de la cara como si le hubiera entrado una basurita o polvo.

Yo estuve a punto.

Donar la ropa era su peculiar manera de despedirse para siempre. Aceptar por fin que la muerte los había separado y que no había remedio. Cuando se estaba por marchar, me levanté de la cama y la abracé. Un abrazo largo y fuerte. Un abrazo que significaba una despedida diferente. Lo hice sin pensarlo, porque me nació de lo más profundo. Ella era como una niña sin abrigo en un crudo invierno. Le dije que la vida seguía, que fue lo único que se me ocurrió en ese solemne y terrible momento. Y ella, en mi oído, tan solo dijo gracias dos o tres veces, casi en un susurro.

Se marchó sin mirar atrás.

Me quedé viendo el techo. Buscando las familiares formas que adivino desde niño y que me tranquilizan, me hacen sentir seguro, me dicen que estoy a salvo en mi hogar. Pero ya no están allí, se han marchado. Igual que la vecina.

—¿Estás bien? —me pregunta mamá desde la puerta de mi habitación. No puede ocultar esos dos ojos rojizos que demuestran que ha dado rienda suelta al llanto.

—Yo sí. ¿Tú estás bien? —respondo con el libro todavía envuelto para regalo entre las manos.

Se sienta en una esquina de la cama, junto a mí.

—Me da mucha pena. Es una buena mujer. Yo creo que no lo ha podido superar del todo, pero hace un esfuerzo grande —me dice con total confianza.

Me atrevo entonces, ya que estamos hablando desde la verdad, a preguntarle:

—¿Tú y papá se aman así?

Ella mira un instante al techo de mi cuarto. Debe estar buscando, como yo, las figuras imaginarias que ya no están allí. Tarda en contestar, suspira, me toma de la mano.

—Todos nos amamos de maneras distintas. Cada uno tiene sus formas, sus códigos, sus peculiares ceremonias para demostrarle al otro lo que siente por él. A veces hay flores, poemas, un trozo de pan, una mirada, un apretón de manos, un beso, un no decir ni siquiera palabras, un abrazo, una caricia. Sí. Nos amamos así pero diferente.

Me quedo mudo. Parece que estoy frente a una poeta. No sabía que mi madre fuera capaz de contar así las cosas. Generalmente la escucho decirme que me bañe, que me ponga a hacer la tarea, que no haga barbaridades, que me limpie el lodo que traigo en los zapatos en el tapete de la puerta, que está muy orgullosa de mí, que me parezco a su padre, que mis ojos le recuerdan los atardeceres en el campo.

Y descubro, de golpe y porrazo, que todas y cada una de esas palabras que me dice también son otra forma de decir amor.

Nos abrazamos. Ya no llora.

—Te voy a pegar la hepatitis —le digo, soltándome amablemente. Los adolescentes no somos muy propensos a dar dos abrazos el mismo día. Como si se gastaran.

—Eso es imposible. A las madres no se nos pegan las enfermedades de los hijos. Si no, ¿quién te cuidaría? —Y la veo reírse con esa risa única que tiene. Una risa con muchos dientes que le despeja en un santiamén los ojos, que hace unos segundos eran rojos y que ahora son claros como el agua.

—¿Qué quieres comer? —pregunta, haciéndome cosquillas en el estómago.

Eso ya es demasiado. Los adolescentes no dejamos que nuestras madres nos hagan cosquillas como si fuéramos unos cachorritos. Menos mal que nadie nos ve.

—¡Ya, ma'! —le digo apartándola de mi lado.

Se pone seria. Finge que se pone seria.

—¿Qué desea comer el señor? —pregunta imitando la voz de un lacayo en la corte de un rey.

Y me aprovecho de ese momento de intimidad en que sé que puedo pedir cualquier cosa y que cualquier cosa me será concedida. Soy un cínico.

—Milanesa con papas. Guacamole. Helado de cereza. Una coca fría.

Pone una palma al aire para chocarla con la mía.

—Voy a tener que ir al súper por el helado. Pero no te creas que va a ser así todos los días. Solo lo hago porque estás enfermo. ¿Ya hiciste la tarea que te mandaron de la escuela? No quiero que pierdas el ritmo. Si no, luego vas a sufrir enormidades para estar al parejo de tus compañeros.

Ya volvió mi mamá.

A hacer las cosas que, por ley, hacen las mamás.

—En la tarde viene Isa a dejármela —contesto aburrido. Lo mejor de estar enfermo es no tener que hacer tareas. Pero eso tampoco es para siempre. Si no me pongo listo, acabaré reprobando. Por suerte, parece que el maestro de literatura se compadeció de sus ratas de laboratorio y no ha puesto ningún nuevo libro del que haya que hacerle un reporte.

—Esa muchachita es encantadora —comenta mamá levantándose de la cama—. ¿No te gusta?

Y esquiva por centímetros el almohadazo que le tiro.

Una cosa es hablar del amor entre padres y otra muy distinta que ande hurgando en mis sentimientos. Los adolescentes no hablamos con las madres acerca de las muchachas que nos gustan. Se tienen siempre que conservar una sana distancia, secretos, intimidades que no hay por qué andar ventilando como si estuviéramos en un *reality show* de la televisión.

—¡Mamá! —grito. Ella cierra la puerta. Y detrás de la puerta, todavía oigo que dice, queda, pero claramente:

—Sí, te gusta.

Mi madre tiene un sexto sentido o yo soy muy obvio, o me conoce tan bien que soy incapaz de ocultar lo que siento. Parecería que me ha parido.

Soy un bruto. Claro que me parió. Por más que los adolescentes queramos ocultar sentimientos, gustos o ascos, las madres inevitablemente los descubren.

Es una pesadilla.

Tengo que aprender a mentir, incluso con la cara, si no quiero que mi vida privada sea ventilada en cualquier momento y todos en esta casa, en esta calle y en esta ciudad sepan tarde o temprano que Isa me gusta.

—¡Carajo, se me nota! —me digo a mí mismo en voz alta sin ni siquiera darme cuenta.

La puerta del cuarto se abre repentinamente.

Se asoma mi madre.

—Sí, se te nota. Y hazme el favor de no decir «carajo», por favor.

Ya no tengo almohada que tirarle, así que no me queda más que deshacerme en carcajadas.

—Por favor, no digas nada —le suplico.

Entra y me da la mano solemnemente.

—Es un secreto entre los dos. Lo prometo. Y no vuelvas a decir malas palabras frente a mí.

—Pero ¡si no estabas! —le reviro.

—Siempre estoy —contesta misteriosa.

Es cierto, siempre está. Aunque no esté presente.

Al fin se va. Y yo sigo riéndome. Oigo que se cierra la puerta de la calle y, sin embargo, me asomo para estar completamente seguro de que estoy solo. Se marchó ya, seguramente a comprar el helado de cereza, un capricho de su hijito enfermo y enamoradizo.

En las escaleras, vestido con una piyama azul de rayitas que me regalaron en Navidad, grito a voz en cuello, sabiendo que no hay nadie en casa:

—¡Carajo, se me nota! ¡Soy un imbécil!

Vuelvo al cuarto y abro el regalo de la vecina.

Es *La ridícula idea de no volver a verte*, de Rosa Montero. Tiene una dedicatoria escrita con tinta azul y letra diminuta. No dice mucho.

«Las palabras son símbolos para recuerdos compartidos. Jorge Luis Borges».

Parece que hoy, en el aire, solo hay amor en todas sus variantes.

Se me nota, se me nota, se me nota.

¿Qué voy a hacer?

ELLA

Isa ha bajado tres kilos en una semana sin hacer nada.

Y nada quiere decir que no ha hecho dieta, ni corrido interminablemente por el parque, ni tomado suplementos o pastillas. La nutrióloga tiene una teoría: que empieza a adelgazar porque ha perdido la ansiedad por adelgazar.

Roberta le ha dicho que si lograra patentar el sistema se volvería millonaria en unos cuantos días.

Pero no se puede patentar la tranquilidad que te provoca el no tener que quedar bien con nadie, excepto contigo mismo. Ya le entra la falda escocesa que le regalaron el año pasado, pero no la usa. Está más cómoda con esos pantalones holgados que se han vuelto una suerte de amuleto y que la hacen sentir completamente libre.

Le gustó la novela de Jane Austen, pero no acaba de identificarse con la heroína que le presentó. Es tal vez demasiado inglesa para su gusto. No, definitivamente no es Elizabeth Bennet. Y en cambio, es cada vez más Isabel, con sus propios sueños y pesadillas.

En la escuela, durante los recesos entre clases y en el patio, Manlio la mira con odio y de vez en cuando la señala abierta y violentamente con el dedo, amenazante. Tiene miedo, pero sabe que está en territorio donde nada puede pasar: el lugar está lleno de maestros y conocidos que no permitirían que algo le pasara. No es igual al salir de la escuela. Todo el tiempo va mirando hacia atrás, cuidándose las espaldas.

Pero el salvaje ni siquiera se le acerca cuando están en la calle. En cuanto la ve, toma la dirección contraria que ella lleva, siempre. Es un misterio.

Pero Roberta sabe el porqué.

—¿No te has fijado en que tienes un ángel guardián? —le pregunta.

—¡Ajá! Seguro anda con ametralladora cuidándome los pasos —responde Isa, bromista.

—No. No está armado, pero siempre está al pendiente, desde el otro lado de la calle. Y allá va, siguiéndote hasta que llegas a donde vayas, al restaurante, tu casa, el cine.

—¡Me asustas! ¿De qué estás hablando? No se lo he contado a nadie, ni siquiera a mis papás —dice Isa mordiéndose un pellejo del pulgar de la mano derecha, costumbre que tiene desde muy pequeña y que denota que está nerviosa.

—El tío de Sebastián. Paco se llama, ¿no? Todos los días está en la esquina a la hora de la salida y te va cuidando. Manlio se dio cuenta y por eso no le vemos ni el pelo.

—¡Qué vergüenza! Tengo que hablar con él.

—O a lo mejor al que está cuidando es a Manlio, para que no le vuelvas a dar a una patada en los cataplines.

—¡Los cataplines! ¿De dónde sacaste eso? —pregunta Isa riendo a mandíbula batiente, tan sonora que dos maestras la miran escandalizadas.

—Así los llama mi hermano Fernando.

—Amiga. Lo lamento pero suenas como viejita. Se dice «testículos» o «huevos»; a la mexicana, «tompiates»; a la española, «cojones». Pero te juro que no, por ningún motivo, «cataplines», por favor…

—Bueno. Pues está vigilando que no se te vaya a ocurrir pegarle otra patada en los tompiates.

—Se lo merecería. No una, una sarta, con la puntería de Messi.

Tendría que hablar con el tío Paco para que no siguiera perdiendo su tiempo. Tenía miedo, sí, pero también tenía unas nuevas botas Dr. Martens, que en caso de ser necesario podrían quitarle a Manlio la posibilidad de ser padre alguna vez si se pasaba de listo.

—¿Qué vas a hacer en la tarde? ¿Quieres ir al cine?

Isa se queda callada unos segundos. Segundos más que suficientes para que su amiga del alma adivine que algo raro está pasando.

—¡Vas a ir a la casa del Chino! —le grita en la cara, cómplice.

—¿Cuál «Chino»? ¿De qué estás hablando? ¿Te volviste loca? —Isa suelta una retahíla de preguntas, absolutamente nerviosa.

—Nop. ¿No sabías que, desde que le dio hepatitis y se puso todo amarillo, a Julián le dicen en la escuela el Chino?

—Pues no me hace ninguna gracia. Se llama Julián. Y sí, voy a ir porque le voy a llevar la tarea de mate.

Roberta la mira fijamente como queriendo taladrar con la propia mirada la cabeza de Isa para saber qué hay allí dentro. Se atreve.

—¿Estás enamorada del chino Julián?

—¡Claro que no! ¡Qué cosas dices! Es un amigo y le estoy haciendo un favor. —Isa se ha puesto tan roja como un tomate maduro.

Roberta suspira. Se conocen desde siempre y los secretos no entran ni han entrado nunca en su lista de cosas por hacer.

—Le puedes mentir a la maestra de Geografía, a tu mamá, al señor que vende periódicos en la esquina, al jefe de tu padre, al policía del crucero, al presidente de la República, a todos los superhéroes del mundo, al que da las noticias en la televisión. Pero a mí, no —le suelta Roberta casi sin respirar.

Isa baja la cabeza avergonzada. Capturada en falta.

—¡OK! Me gusta, sí, pero eso no quiere decir en absoluto que esté enamorada. Y si no te quedas callada voy a tener que matarte y desaparecer tu cuerpo. ¿Estamos?

—Estamos —responde Roberta mientras toma de la mano a su amiga—. ¿Quieres un refresco engordador con unas papas con queso más engordadoras todavía?

Caminan juntas hacia el habitual restaurancito cercano a la escuela.

Hoy es un día importante para Isabel.

Cando caiga la noche y esté junto con toda su familia cenando, en algún momento tomará un cuchillo y con él pegará suavemente tres veces en un vaso de cristal para llamar la atención de todos, como lo vio hacer una vez en una película antigua en blanco y negro.

La mirarán en suspenso, ella se aclarará la garganta con un poco de agua y dirá muy seria:

—Queridos todos. Soy una muy orgullosa integrante de esta comunidad y, antes que nada, me siento honrada por pertenecer a ella; quiero agradecer a todos sus esfuerzos para que yo sea feliz. Sin embargo, después de mucho pensarlo he decidido que, debido a las circunstancias, considero que prefiero irme de viaje a tener una fiesta de quince años, un gasto a todas luces inútil. Por su atención, gracias.

Ese texto, que sin duda parece escrito por alguien mayor que está consciente de sus decisiones, le llevó tres días de tachaduras y enmendaduras. Sigue sonando muy protocolario, pero no está del todo mal.

Tiene otra opción más acorde con los tiempos:

—Papá. Mamá. Los quiero. Creo que prefiero irme de viaje a tener una fiesta de quince años. ¿Cómo ven?

Ha pensado en otras muchas posibilidades, pero está segura de que cualquiera de ellas va a sacar chispas. Cree que su papá ya pagó el adelanto a meseros y contrató a un DJ. Debajo de las escaleras hay unas cajas de vino que antes no estaban y los oyó hablar hace unos días acerca de la comida que darán. Parece que ellos están más emocionados con la fiesta que ella misma.

Lo que antes le parecía fantástico ahora le parece un gasto completamente ilógico.

El vestido cuesta un dineral. Y solo sirve para ponérselo una vez. Mientras unta una papa en el queso derretido que tiene enfrente, piensa que debería ponérselo todos los días y llegar así a la escuela lo que resta del año escolar, como castigo merecidísimo por andar cambiando de opinión en el último momento.

—Me van a odiar —dice en voz alta, haciendo surgir sus pensamientos y clavando los ojos en el infinito y más allá.

Roberta la mira y luego mira a su alrededor, buscando a los que la odiarán sin encontrarlos.

—¿Qué traes?

E Isa se hace la loca. Saca de su bolsa un libro, y con una sonrisa de oreja a oreja se lo muestra: *Loba*, de Verónica Murguía.

—Traigo esta maravilla. Me lo regaló la tía Mely. Por fin encontré a la protagonista femenina que buscaba. Se llama Soledad y está lista para salir al mundo a patearles los «cataplines» a los dragones que asuelan la tierra.

Y se ve a sí misma con una espada refulgente y afilada, con sus botas Dr. Martens avanzando entre las espinas y los caudalosos ríos de la adolescencia, buscando al miedo para darle su merecido.

Pero antes tendrá que enfrentar a sus papás, una fiesta que no quiere y un vestido vaporoso, que ahora ve hasta un poco ridículo, y salir victoriosa de ese trance.

Y también a Julián, el Chino que no es chino y que de vez en cuando la hace suspirar cuando nadie la ve.

Demasiadas cosas para una jovencita, aparte, por supuesto, de las tareas y las noticias tristes y terribles sobre su país, que parece desmoronarse bajo sus pies.

Por lo pronto, tomando valor, se mete dos papas llenas de queso en la boca. Poción mágica, alimento de los dioses, antídoto contra los envenenamientos del amor.

ELLOS

Lila llega hasta el sillón que ha escogido como refugio, todos los días, a las cinco en punto de la tarde. Y hace un ritual muy elaborado.

Se quita los zapatos, saca de su bolsa una mantita de color azul robada en un avión con la que se cubre las piernas, se pone en el fleco rebelde un pasador para que el pelo no le caiga sobre los ojos, coloca a su lado el termo con té de yerbabuena azucarado, suspira una vez y comienza a leer en voz alta, durante dos horas, sin parar.

Y lo hace espectacularmente bien.

Mientras lee, va haciendo las voces de los personajes, si los hay, realizando inflexiones e impostaciones de voz, respetando las pausas necesarias para darle el suspenso necesario al libro, poniendo su alma y su corazón en cada línea.

Tiene una voz perfecta. Más de una vez le han dicho que podría ser una maravillosa locutora de radio, pero no le interesa en lo más mínimo. Ella se impuso esta misión y la cumple a rajatabla todos los días, de cinco a siete de la tarde, sábados y domingos incluidos, aunque llueva o haga un calor infernal.

Ha dejado de ir al cine o a esas comidas donde siempre se alarga la sobremesa para poder estar en su sitio en punto haciendo una de las cosas que más disfruta en la vida: leer. Leerle a Mario en voz alta.

Y lleva dos años ya. Sin fallar. Sin tomar vacaciones o dejar de ir por una gripe, una diarrea, un golpe en la rodilla al caerse de la bicicleta.

Lee un libro a la semana, uno que ha escogido cuidadosamente. Comienza siempre su lectura en domingo, como una ceremonia. Y ha logrado, con el paso del tiempo, calcular tan bien el número de páginas que invariablemente lo termina el sábado siguiente a las siete de la tarde en punto, como un reloj suizo perfecto y atinado. Pero no se apresura, ni se salta párrafos, ni habla demasiado lento o demasiado despacio (cualquier oyente atento podría jurarlo, sin dudarlo). No come nada mientras lee, no se levanta al baño, no pierde el hilo. Tan solo, al terminar los capítulos, le da un par de tragos al té de yerbabuena de su termo. Que también se termina justo dos horas después de haber comenzado.

Su lectura es siempre emocionante, no se equivoca, no dice unas palabras por otras, pone en su correcto lugar los acentos, los puntos, las comas, los énfasis.

Si existiera una facultad donde se otorgara la licenciatura de Lectura en Voz Alta, Lila tendría las mejores notas, o más bien, sería la maestra ideal, la directora, la jefa de todos, y su cuarto estaría lleno de diplomas y reconocimientos que así lo demostraran. Es más: si hubiera un concurso sería imposible derrotarla. La mejor lectora en voz alta del mundo.

Diariamente da una cátedra del buen leer y del buen decir.

Y en cuanto termina, dobla cuidadosamente la mantita, guarda el termo, pone un separador en la página donde se quedó y le da un beso en los labios a Mario. Después busca su bicicleta y pedalea, rítmicamente, los veinte minutos que le cuesta llegar hasta su casa.

Lila estudió Biología, como Mario. Nunca había leído en voz alta. Siempre pensó que la lectura era (como muchos creen) un acto solitario, silencioso, de curiosa comunión entre el que lee y las palabras del que es leído que generan entre los dos un lazo poderoso, misterioso, único, indestructible, y que las interferencias, los ruidos del alrededor, las distracciones involuntarias, estropeaban un poco la lectura.

Pero ya no. Podría haber un temblor y Lila no dejaría de leer, melodiosa, terca, amorosamente.

Su voz y las palabras de los otros, que salen como cascadas de los libros, no son para aprender nada, ni para ser más culta, ni para presumir lo leído. Es un bálsamo, una caricia, una medicina única y poderosa, un mensaje.

Se conocieron en la preparatoria e inmediatamente una corriente eléctrica, amable y benefactora cruzó de uno al otro por medio de aquel apretón de manos que ella no puede olvidar, que no quiere olvidar.

Desde ese momento no volvieron a separarse. Se aferraron como se aferran los náufragos a los botes salvavidas en medio de la tempestad.

Todos decían que eran el uno para el otro. Ellos así lo creyeron y lo supieron desde el principio; compartían tantas cosas, entre ellas los libros, por supuesto, que era inevitable que terminaran juntos para siempre.

Se casaron en el segundo año de carrera y se fueron a vivir a un departamento minúsculo que pagaban con los minúsculos sueldos que recibían por trabajar por las tardes. Tenían una cama, una mesa, dos sillas, algunos utensilios y un montón de libros puestos en perfectas torres sobre el suelo, a falta de libreros y de dinero para comprarlos. Guardaban siempre una parte de esos sueldos para convertirlos en sueños hechos de perfectos rectángulos de papel y tinta.

Los libros son sus anillos de compromiso, sus barcos piratas, sus contratos con la fantasía, sus sábanas para el amor y su leña para las noches de frío, sus vehículos para el entendimiento y el respeto a la diferencia, sus ladrillos para construir ciudadanía, solidaridad, lazos inquebrantables con el mundo.

Se tenían uno al otro y vivían cobijados por cielos estrellados de latitudes insospechadas. Habían fundado su relación en la igualdad, la comprensión, el respeto mutuo, el aroma del otro, su respiración, sus peculiaridades, hasta sus malos hábitos, su forma de ver las cosas. Dos que eran uno, con un destino común.

Poco a poco les comenzó a ir mejor. Y consiguieron, al final de su carrera, buenos empleos haciendo lo que sabían hacer. Y lo primero que compraron fue un librero grande que iba de pared a pared de un departamento más grande, donde cabían casi todos los sueños del planeta.

Era impensable entenderlos por separado. Lila y Mario eran dos personas diferentes, cierto; pero juntos, tomados de la mano o leyendo acostados en la terraza, ajenos al tránsito de la caótica ciudad, parecían invencibles.

Queridos por vecinos y amigos, organizaban cada domingo una comida con otros como ellos, donde se hablaba de todo y se discutía con ganas y argumentos. Se recomendaban lecturas y películas, se escuchaba música y se reía a carcajadas. Por eso los domingos son tan importantes, asidero terrestre a las mejores cosas. Una manera única de celebrar la amistad, la belleza, alejar el caos, conjurar a los demonios, brindar por la vida, con la vida.

Y fue un domingo también cuando Lila estuvo a punto de perder a Mario para siempre.

Por un descuido tonto, por querer sostener un paquete demasiado voluminoso entre las manos, por mirar hacia atrás, por perder la concentración, perdió también el piso. Y rodó por las escaleras, pegándose con el filo de un escalón en la cabeza.

Dos años en coma. Los médicos dicen que hay muy pocas posibilidades de que vuelva de ese mundo de silencio, tubos y algodones.

Lila le lee todas las tardes, segura, absolutamente segura de que en su voz, en las palabras de otros convertidas en sus propias palabras, está el boleto de regreso a la vida.

No desespera, no llora, no pierde ni la fe ni la calma. Y mientras lee, le toma la mano como siempre, sabiendo que son indivisibles, invencibles.

Lila sabe que Mario la escucha. No hay poder humano que la haga desistir. Tienen un pacto sagrado.

Está convencida de que una tarde cualquiera, muy pronto, él abrirá los ojos justo cuando ella beba de su termo haciendo una pausa entre capítulos, para preguntar cómo sigue la historia. Y se irán a casa en la bicicleta, dejando atrás las pesadillas.

Habrán salido, cobijados por palabras, de las tinieblas.

Hoy es domingo.

Lila abre el libro, suspira una vez. Y comienza, con una sonrisa en los labios, a leerle en voz alta al amor de su vida, sabiendo que tarde o temprano volverá:

—*Alicia en el país de las maravillas*. Lewis Carroll. «Alicia empezaba a estar harta de seguir tanto rato sentada en la orilla, junto a su hermana, sin hacer nada: una o dos veces se había asomado al libro que su hermana estaba leyendo, pero no tenía ilustraciones ni diálogos. "¿Y de qué sirve un libro si no tiene ilustraciones ni diálogos?", pensó Alicia».

ÉL

Sueña que se queda encerrado en una librería.

Puertas y ventanas cerradas con candado.

Cientos, miles de títulos a su alrededor, esperando pacientemente el toque de sus dedos para comenzar a vivir.

Extasiado, mira a todos lados, camina lentamente, respirando ese olor a tinta y papel nuevo que lo embriaga, y dirige sus pasos hacia la sección de novelas.

Y en el camino se topa con *Divulgación de la ciencia*.

Otra manera de contar.

Suena el despertador y de un manotazo lo apaga. Se da la vuelta y pone de nuevo la cabeza en la almohada.

Quiere saber cómo termina el sueño…

YO

Las mujeres son un absoluto misterio.

Nunca queda del todo claro si cuando te dicen sí están diciendo sí de verdad, o simplemente dándote por tu lado.

Aplica a todas las mujeres, incluidas las madres.

—¿Puedo ir a la fiesta de Andrea?

Ella, mi madre, lo duda unos segundos; hace ese movimiento tan característico con la boca, mordiéndose un poquitín el labio en la parte izquierda, que significa que tiene una duda terrible; se alisa el pelo, mira por encima de mi cabeza y dice finalmente que sí.

Pero lo que está diciendo es mucho más que un monosílabo. Está diciendo, y eso me ha costado un montón de tiempo aprenderlo, sí con condiciones que no expresa con palabras. Sí, pero te cuidas. Sí, pero te portas bien. Sí, pero no fumes ni bebas nada. Sí, pero solo un rato. Sí, pero te peinas y te vistes decentemente. Sí, pero sin tenis. Sí, pero me llamas para que te recoja.

Me imagino a mamá en su propia boda, en el momento crucial en el que el juez o el cura le preguntó si quería por marido al que tenía a su lado y que esperaba pacientemente la respuesta vestido de pingüino.

No existe un DVD porque cuando se casaron no había DVD; debió haber sucedido unos pocos días después de que se extinguieran los dinosaurios. Y cuando pienso esto me río para mis adentros; qué ingenioso eres, muchacho, qué divertido. Jamás lo diría en voz alta. A ninguno de los dos les haría la gracia que a mí me hace, y menos si pienso que ellos se consideran muy jóvenes todavía, aunque no lo sean. Lo que sí hay son fotos. Con un color extraño, un poco sepia. Fotos viejas que tienen tan solo dieciséis años, un poco más que yo mismo, y que sin embargo parecen venir de otro tiempo mucho más lejano. Mi mamá tiene un peinado que hoy no se atrevería a lucir por la calle y mi papá una corbata de moño de un tamaño increíble. Los dos se ven como recién salidos de la prepa. Como si, en vez de boda, estuvieran haciendo una tardía primera comunión.

El caso es que en ese momento solemne, el cura o el juez preguntó y estoy seguro de que mamá se mordió un poco el labio antes de contestar que sí.

¡Dios!

Mi padre es muy distraído y seguramente ni siquiera se dio cuenta de lo que yo tengo clarísimo.

Sí, pero no dejes abierta la pasta de dientes. Sí, pero bajas la tapa del baño. Sí, pero no te vas a ir todos los jueves a jugar dominó con tus amigos. Sí, pero nada de voltear a mirar a las chicas con minifalda. Sí, pero yo escojo la película. Sí, pero yo digo dónde vamos de vacaciones...

Y eso no quiere decir que no estuviera enamorada del pingüino. No podrían vivir el uno sin el otro. Sí, se aman sin peros.

El tema del sí no me lo enseñaron en la escuela pero lo sé: es un sí afirmativo, no condicional pero sí condicionante. Sucede cuando la condición para decir que sí depende de cumplir cierta regla que solo está en la cabeza de quien la dice, pero que no la expresa con todas sus palabras.

Un misterio absoluto.

Por eso, muchas veces hay que aplicar ciertos trucos que se van aprendiendo lentamente con el paso de la vida.

Por ejemplo, preguntar con respuesta incluida, como que no quiere la cosa. Me explico.

«No estaría nada mal un disco de U2, ¿verdad?», en vez de «Cómprame un disco de U2, por favor».

La ventaja es que a mamá le gusta el rock tanto como a mí. Lo intento de nuevo porque el ejemplo no es del todo bueno. Un domingo cualquiera, digamos.

—¿No sería espectacular quedarnos en casa viendo películas, sin necesidad de bañarnos?

Puede que ella se muerda el labio, pero la posibilidad le gustaría. Ver películas, claro. El tema del baño es otra cosa. Viene de una familia donde la higiene es una especie de religión fanática. Se bañan con el mismo fervor de los que comulgan. Y no lo dejan pasar ni un solo día. Excepto cuando no hay agua. Yo he usado argumentos que parecen muy científicos para evitar el baño, pero no tienen resultado.

—¿Sabes que dicen que hay que conservar una cierta capa de grasa sobre nuestros cuerpos para evitar infecciones provocadas por el medio ambiente?

—Interesante —responde.

—Los elefantes se bañan una sola vez al mes.

—No somos elefantes. Los cocodrilos se la pasan dentro del agua.

—No somos cocodrilos —contesto aplicando su misma lógica.

—Tienes razón. Por eso no la pasamos dentro del agua. Entramos y salimos de la regadera. Limpios.

No hay forma de ganarle en una discusión, con argumentos científicos o sin ellos.

Durante la primera semana de hepatitis logré no bañarme los dos primeros días. En cuanto cedió la fiebre ya estaba yo dentro del agua, y ella fuera del baño gritando que me lavara bien el pelo y las orejas. Desde que cumplí trece logré que se mantuviera del otro lado de la frontera invisible marcada en la puerta misma. No soportaba ni siquiera la idea de que me viera desnudo. Y menos ahora, con más de quince, que mi cuerpo ha cambiado y me ha salido pelo hasta en las orejas.

Las madres piensan que los hijos son sus bebés toda la vida. Pero no lo son.

Se vuelven adultos y necesitan intimidad, privacidad, espacio vital. Un lugar donde tener fantasías y deseos y sueños.

Puse en la puerta de mi cuarto un muy amable letrero: «Por favor, toque antes de entrar».

A veces lo respeta y a veces no.

Toca dos veces y entra al final del último toquido. Y en esas ocasiones casi no me da ni tiempo de esconder la revista con mujeres desnudas que tengo en las manos y que meto entre las sábanas o debajo de la cama. O estoy haciendo mi rutina del Hombre-Moco y, la verdad, eso es incluso algo más íntimo que el tema de las mujeres desnudas.

Asoma la cabeza y pregunta ingenuamente:

—¿Qué haces, querido?

Y yo me pongo tan rojo subido como el traje de Iron Man.

—Podrías tocar, mamá… —le digo.

—Pero toqué —contesta, sabiendo que eso que hace no equivale a un verdadero toquido en regla.

—¿Podrías tocar, contar hasta diez y luego entrar, por favor?

Se muerde el labio, como siempre, y contesta que sí. Cierra la puerta. Toca de nuevo y abre tres segundos después, riéndose.

—¿Eso fueron diez segundos? —pregunto indignado.

—Cuento rápido —responde.

Y no me queda otra que reírme con ella a carcajadas. Es un misterio, pero tiene un gran sentido del humor.

Voy a buscar la llave de este cuarto maldito. Debe estar en algún sitio.

Otro tema recurrente con mi mamá es eso que ella llama «palabrotas».

—¡Mierda! —exclamo cuando se me cae el tenedor.

—No digas palabrotas.

—¡Mierdita! —digo entonces.

—No te hagas el chistoso.

—Si mierda es palabrota, mierdita es palabrita, ¿no?

—Te voy a lavar la boquita con jaboncito.

En su casa estaba prohibido usar palabras duras. Palabras que asustan porque muchos no saben que son inofensivas. Todo depende exclusivamente del tono con el que se dicen. Pero en su caso estaban prohibidas. El abuelo fue militar y mantenía una disciplina férrea en su hogar, y sobre todo con sus hijas, que incluía una cantidad enorme de reglas que había que seguir, exactamente como en el cuartel donde él había aprendido lo que sabía.

A mí, el abuelo me gustaba poco. Lo veíamos los sábados que se hacían comidas multitudinarias en su casa y donde la pasábamos francamente mal. No podíamos gritar, correr o ser niños como son los niños. Quería que fuéramos todos pequeños soldados que obedecieran órdenes sin preguntar. Y, por supuesto, no podíamos decir palabrotas. Cuando falleció, pasaron todos a verlo por una ventanita que tenía el ataúd, a despedirse, supongo. Yo no. Me quedé en una esquina del velatorio, lejos del féretro y pensaba: «Mierda, se murió el abuelo». Estoy seguro de que debe estar revolviéndose en su tumba. Nos quería a su manera, yo a la mía. Eso, en cuestión de quereres, debe ser algo así como un empate técnico. No está del todo mal.

Mi papá, por el contrario, suelta las palabrotas con desparpajo y en cualquier ocasión. Ella se ha dado por vencida con él, pero no conmigo ni con mi hermano. Es la guardiana de las malas palabras y siempre está atenta para capturarlas al vuelo y pedirnos que las evitemos, a veces sonriendo, más relajada, pero a veces francamente molesta. Uno tiene que estar muy atento para saber qué momento es bueno y cuál no, pero no se sabe; ese es otro misterio.

Aunque yo la he oído cuando piensa que no hay nadie cerca y se las sabe perfectamente. Un día se quemó los dedos con un sartén en la cocina.

—¡Me lleva la chingada! —oí claramente.

Yo estaba cerca. Entré de golpe y le dije:

—¡Mamá, qué es eso! ¿No te da vergüenza?

Me miró como si hubiera sido descubierta robando un banco. Se puso muy, muy seria y casi se echa a llorar.

—Perdón —suplicó—. Se me salió sin querer.

—No pasa nada. No es tan grave. —Y la abracé. En ese momento parecía que ella era la hija y yo su padre.

Mamá llora pocas veces. Cuando lee un libro particularmente triste. Con el final de unas pocas películas. Cuando papá aparece por casa con flores de vez en cuando. Llorar no tiene que ver necesariamente con que te sientas mal.

Y no es cursi, de ninguna manera. Es una ruda que sabe que también tiene derecho a llorar y lo ejerce cuando se le da su regalada gana.

Yo soy un poco así también.

Pero lo mantengo en secreto.

Acabo de leer el libro de Rosa Montero, *La ridícula idea de no volver a verte*. El que me trajo la vecina que se fue para siempre. Es la historia de Marie Curie, la famosa científica francesa que descubrió el radio (el elemento, no la radio que suena) y que tuvo una vida dura y muchas veces triste. Pero habla también del gran amor que sentía por su marido Pierre y la tristeza enorme que la embargó cuando él murió. Rosa Montero mezcla esos pedazos de la vida de Marie Curie con trozos de su propia vida y la terrible enfermedad de su propio esposo que lo condujo a la muerte. Por lo visto, todos los caminos llevan a la muerte, es natural.

Es triste. Pero es luminoso. No sé cómo explicarlo bien. Supongo que tiene que ver con lo inexplicable que es también el amor. ¡Otro misterio!

El más grande de todos los misterios.

Lloré y empapé las páginas del libro con lágrimas, que al final se secaron pero dejaron manchas para siempre en sus páginas.

Se lo tengo que prestar a Isa. Ella que siempre está buscando heroínas.

—¡Isa! —grito mientras me levanto de golpe de la cama.

Son casi las cinco. No me puede encontrar en piyama de rayitas azules.

Ella, y lo que siento por ella, son el mayor y más tremendo de todos los misterios del mundo. Un cosquilleo, un huracán, una nube, un helado de cereza, un dolor en el pecho, una gota de sudor que baja por la sien, un calambre.

Y a mí, con perdón de mamá, se me nota lo imbécil en la cara.

Lo siento.

ELLA

—Podemos suspender la fiesta. Pero ¿estás completamente segura? Te hacía mucha ilusión —pregunta, en la mesa del comedor, el padre de Isa.

—Completamente segura —responde sin un ápice de duda en los labios, jugando con el tenedor sobre los restos de comida.

—¿No tiene que ver con la dieta? Yo te veo mucho más esbelta —interviene su madre, sonriendo, pero sin duda inquieta.

—La dejé, mamá. Hace tiempo. He bajado de peso comiendo papas con queso y malteadas. Lo único que me preocupa son los gastos que han hecho para la fiesta.

—¡Vamos a patentar esa dieta! —grita Vicky, que nunca en su vida ha necesitado dejar de comer para estar flaca.

Una mirada reprobatoria viaja desde la cabecera de la mesa hasta la hermana mayor, que inmediatamente se queda callada y mira hacia otra parte...

—No te preocupes por nada —dice su madre, pasándole dos dedos por el flequillo rebelde de siempre—. El vestido solo estaba apartado, no comprado. Las bebidas que tu padre ha ido acumulando se pueden devolver. Se suspenden fiestas de quince años todos los días y no pasa nada.

—Excepto que ya mandaste como cien invitaciones —dice Vicky en voz baja.

—Pues se mandan cien amables cancelaciones y punto. —Cuando la madre de Isa pone ese tono de voz, no hay poder humano que la convenza de lo contrario de lo que quiere decir. En el ambiente hay un poco de tensión. El padre interviene.

—No pasa nada. Aquí no se festeja a nadie obligatoriamente.

La verdad es que Isa no esperaba tanta comprensión. Aunque en el fondo sí. Lo menos que puede hacer es escribir el texto de finiquito de la fiesta y mandarlo a todos los que ya estaban invitados. Lo propuso.

—Más fácil por internet —sugiere su madre, que desde que descubrió las infinitas posibilidades de las redes sociales se ha convertido en una experta.

—¿Y qué va a decir? —quiere saber el padre.

—Isabel decidió que prefería no tener una fiesta de quince años. Lamentamos los inconvenientes que ello le ocasiona. Una disculpa —recita Isa mirando a la pared de enfrente.

Vicky se ríe por lo bajo. Pero al padre le parece perfecto.

—Contundente y claro. No hay nada mejor en la vida que decir las cosas como son. Y no irse por las ramas dando explicaciones inútiles.

—¿Tienes la lista de invitados? —pregunta su madre.

—Yo lo hago —responde Isa, que en este momento está triste y feliz al mismo tiempo. Porque habrán de saber que esas dos sensaciones se pueden tener simultáneamente en la cabeza sin que se contrapongan.

La madre se levanta de la mesa y abraza a Isabel. Y muy pronto la siguen el padre y la hermana. Parecen una familia de ositos de peluche.

—No me dejan respirar —dice Isa, rompiendo el abrazo con cariño pero con firmeza.

Ya en su habitación, frente a la computadora, manda la carta. Y no pasan más de diez segundos, el lapso entre apretar el botón de enviar, para que suene el teléfono.

«Esa es Roberta», piensa Isa suspirando. Y contesta.

—¿Estás loca?

—Sí. Eso parece.

—Siempre he sido tu cómplice, pero ¿no crees que esta vez te pasaste?

—¿Qué quieres saber? —responde Isa.

—Quiero saber si no te quiere matar tu papá.

—No. Se portó como un caballero.

—¿Un caballero enojado o un caballero encabronado?

—La verdad, como un caballero amoroso. Acabamos todos abrazados en la mesa.

—¡Puajjj!

—Ni me digas. Parecíamos de telenovela. Menos mal que nadie tomó una *selfie* de recuerdo.

—Yo ya la hubiera subido a las redes.

—Y yo ya te habría envenenado.

—¿Qué van a hacer con todo el alcohol que compraron? Alcanza para varias fiestas… —pregunta Roberta, intrigada.

—Lo pueden devolver —contesta Isa, secamente

—Qué lástima.

—¿Resultaste borracha?

—Nop. Pero era mi oportunidad de probar el vodka ese de grosella.

—Aquí tenemos; cuando quieras, chula.

Y Roberta se anima. Siempre pensaron que la primera vez que beberían sería juntas, solo para ver qué se sentía ser adulto. Ya habían probado la cerveza en una comida, pero por lo visto no era lo mismo. Les supo amarga y desagradable. Todas sus amigas hablaban maravillas de los vodkas con saborizantes. Muy de moda. No había fiesta de quince en que no dieran cocteles con esa bebida. Y no había fiesta de quince en que alguno de los muy jóvenes invitados acabara vomitando en el baño. O en medio del salón. A Isa el alcohol no le llama la atención, ni el cigarrillo. Se habían fumado alguno en

casa de Roberta, mientras estudiaban a altas horas de la madrugada para un examen de Biología. Y no era tan «chic» como aparecía
en las revistas o las películas. Acabaron mareadas y confundiendo
los pistilos con las esporas.

—¿Cuándo nos tomamos uno? Solo por probar —insiste Roberta.

—Para mis quince años. Mi fiesta privada donde solo vamos a
estar tú y yo. Pero te advierto que el alcohol engorda. —E Isa se ríe
de su propio mal chiste.

—Menos mal. Porque ya te había comprado un regalo y no lo
pienso devolver.

—Te llamo luego —se despide Isa, colgando el teléfono, al sentir
que se abre la puerta de su cuarto.

Es Vicky.

Se sienta en la cama. Tiene cara de melancolía. Esa media sonrisa que no es de alegría pero tampoco de tristeza absoluta. Toma a su
hermana de la mano.

—Ya vi que también me mandaste la cancelación —susurra Vicky
tomando con la mano libre el oso de peluche más cercano y acunán-
dolo en su regazo.

—No tienes que contestar.

—¿Estás segura?

Parece que todo el mundo tiene la misma pregunta. Pero Isa tiene también la misma respuesta.

—No quiero una fiesta. Quiero eudemonía.

—¿Es una droga? —Vicky abre muy grandes los ojos cuando lo
pregunta, sorprendida.

—Sí, es una droga. Pero no se vende en ninguna parte.

Por fin logró lo que parecía imposible. Que la hermana que lo
sabe todo, o casi, no tenga ni idea de lo que está hablando. Eso no sale
en los libros de la escuela que Vicky lee. Eso no sale en ninguno de
los libros que conozca.

Pero su hermana no tiene la culpa de nada. Es ella la que no está
a gusto dentro de sí misma, la que busca sin encontrar heroínas,
batallas para pelear, sueños.

—¿Vas a salir?

—Le voy a llevar la tarea a Julián. Tiene hepatitis.

—No lo vayas a besar —responde Vicky levantándose y tirando a un lado el oso de peluche mientras se ríe bobamente. El oso ha dejado de pertenecer a esa habitación. Repentinamente se convirtió en un objeto más. Un adorno inútil.

En cuanto llegue a casa del muchacho, se lo comerá a besos, piensa, y así, con hepatitis ella también, a lo mejor tendrá que dejar de contestar tantas preguntas y tomar tantas decisiones.

No es mala idea.

ELLOS

Estuvo más de catorce meses en aislamiento absoluto. En una celda de dos por dos metros que podría, si quisiera, describir centímetro a centímetro hasta el último recoveco y el más mínimo detalle.

Cuando fue subido al automóvil negro en medio de la noche y encapuchado inmediatamente, pensó que esos hombres, que eran sin duda militares, lo matarían enseguida. Tenía tan solo veintidós años.

Pero no fue así.

Pasó más de un mes en un sótano, sometido a las más crueles e infamantes torturas, muriéndose todos los días.

Querían que dijera cosas que no sabía. Y ante cada respuesta negativa, una nueva sesión de electricidad y golpes en todo el cuerpo estuvieron a punto de volverlo loco.

Pero resistió. Tal vez al darse cuenta de que no querían matarlo sino destruirlo, quebrarlo, volverlo un animal. Lo querían obligar a culpar de mil y un delitos a sus padres, a sus hermanos, a conocidos y desconocidos. A él, que solo quería un país más justo y por ello había ido a un par de manifestaciones.

Le enseñaron las fotos de esas manifestaciones, y él salía en medio de la gente con un puño en alto.

Eso era todo.

Por eso era torturado.

Y por no saber, era torturado más fieramente.

La muerte, que creía que llegaba siempre y lo libraría por fin del sadismo y la violencia desmedida e insensata de la que era objeto, no llegaba nunca.

Volvía a abrir los ojos bajo la capucha que no le dejaba respirar, y a oír una y otra vez las mismas voces de los mismos salvajes, repitiendo siempre, como máquinas, las mismas cosas.

Y a oír también los gritos de hombres y mujeres a su alrededor que sufrían, como él, lo indecible.

Firmó unos papeles que nunca leyó y luego fue empujado hasta la celda donde pasó, solo y semidesnudo, más de cuatrocientos veinte días y noches, en silencio.

Con frío, hambre y miedo permanente, decidió sobrevivir.

Y cada noche, en cuanto se apagaban las luces del pasillo, se dedicó a recordar los libros que había leído en su adolescencia.

Y su celda se llenaba con míticos personajes que le hacían compañía, que le brindaban esperanza y consuelo, que le daban su cálido abrazo y sus armas más temibles para enfrentar la crueldad.

Marco Polo, Sandokán, Robin Hood, Sherlock Holmes, Peter Pan y Campanita, Anna Frank, el señor K, el capitán Grant, Nemo, Jean Valjean, Miguel Strogoff, Edmundo Dantés, el Quijote y Sancho, Dulcinea, Maigret, Marlowe, Poirot, Frodo Bolsón, Gandalf, Phileas Fogg y Passepartout, el Hombre Invisible, Van Helsing, el Corsario Negro, el León de Damasco, el Sombrerero Loco, Robinson Crusoe y Viernes, por supuesto, junto a otros muchos que se sentaban con él en el suelo para decirle que no todo estaba perdido, que había motivos suficientes para vivir, que incluso en las peores pesadillas caben los sueños.

Al salir de la cárcel, con el regreso de la democracia, Martín —llamémoslo Martín— se hizo librero.

Tan solo para estar rodeado, siempre, de esos que le salvaron la vida, que le devolvieron la cordura, que lo rescataron del naufragio, sus amigos del alma.

ÉL

—¿Qué libro rescatarías de tu casa en llamas?

—¿Qué tan grande es la biblioteca de mi casa en llamas? —responde él inmediatamente.

—Grande, enorme.

—¿Ya leí todos los libros de la biblioteca de la casa en llamas?

—No, no todos…

—¿Así que es mi casa en llamas del futuro?

—¿Por qué dices eso?

—Porque mi biblioteca hoy es todavía pequeña. Y ya leí todo los libros que hay en ella.

—Digamos que sí. La biblioteca de tu casa en llamas en el futuro.

—¿Hay extintor en mi casa en llamas?

—No. Ni extintor, ni agua, ni arena para apagar el fuego. Tienes que salir corriendo inmediatamente para salvar la vida.

—¿Es de día o de noche? —pregunta él.

—¿Importa? —se comienza a impacientar el que pregunta.

—Sí. Sí importa.

—Es de noche.

—¿Tengo perro en mi casa en llamas del futuro?

—No. No tienes perro. La casa se quema y tienes que salir inmediatamente. —El que pregunta comienza a enojarse.

—¿Vivo solo?

—Mmmm. No. ¡Tienes una pareja!

—¿Es mi esposa, mi novia o un amigo?

—¡Tu esposa, es tu esposa, la casa se quema! ¿Qué libro rescatarías? —grita el que pregunta.

—¿Llevamos mucho tiempo juntos?

—¡Diez años!

—¿La casa es de dos pisos?

—Sí.

—¿La biblioteca está abajo y ella arriba?

—Exacto. Así, justamente. La casa se quema, ella arriba, la biblioteca abajo. ¿Me podrías decir qué libro te llevarías?

—Ninguno —contesta él tranquilamente.

—¿Ninguno? ¿No eres un gran lector? Eso me dijeron tus amigos…

—Soy un lector. Seré un gran lector en el futuro. Cuando haya leído todo eso que me falta por leer y la casa se queme.

—¿Y no te llevarías ninguno de tus preciados, queridos, admirados libros?

—No.

—¿Se puede saber por qué?

—Se puede. Si la casa del futuro se quema y mi esposa está arriba y los libros abajo, iría a buscarla a ella.

El que pregunta se tranquiliza un poco.

—Lo entiendo. De acuerdo. Tú y tu esposa salen de la casa sin un rasguño. Te da tiempo de ir corriendo y rescatar un solo libro de la casa en llamas del futuro. ¿Cuál escogerías?

—Ninguno.

—¿Por qué? ¡Carajo!

—La estaría consolando a ella. A mi esposa, que también será lectora como yo…

El que pregunta cierra la libreta, se mete el lápiz en la camisa, se da media vuelta y se marcha diciendo maldiciones.

Él no tiene que rescatar ningún libro de los que ha leído porque los recuerda perfectamente. Y no tiene que rescatar ningún libro de los que no ha leído porque puede volver a tenerlo, comprado, prestado, regalado, sacado de la biblioteca pública.

Sabe que los libros, más que ofrecer respuestas, son la gran herramienta que te permite hacer preguntas.

Y las preguntas sirven a veces más que las repuestas.

Esperaría pacientemente a la puerta de la casa en llamas del futuro a los bomberos del futuro, abrazando a su esposa del futuro.

YO

Son apenas las 4:25 de la tarde y me siento como un niño esperando la llegada del amanecer en Navidad para bajar corriendo las escaleras y destrozar los papeles que envuelven las cajas que guardan los regalos.

Me sudan las manos, mi corazón late desbocado, tengo seca la boca y los minutos pasan con una lentitud que aborrezco con toda mi alma. He visto el reloj despertador como diez veces en los últimos diez minutos. Una vez por minuto.

Parece que me voy a volver loco.

Cumplo dos semanas con hepatitis y ya he recobrado mi tono natural; esto quiere decir que he pasado del amarillo al gris habitual que tenemos los habitantes de las grandes ciudades repletas de contaminación. No sé cuál de los dos colores es peor. Creo que el amarillo me daba un aire enigmático. Ahora soy igual que todos. ¡Una lástima, se mire desde donde se mire!

Ya son las 4:26.

He intentado leer sin poder conseguirlo. Llevo seis libros en mi haber. Una proeza, si ustedes piensan que hace tan solo unos cuantos días odiaba los libros y a duras penas podía leer de corrido diez páginas del señor Tolstói. Bueno, no es que los odiara, es que nadie me había enseñado a quererlos como ahora los quiero.

Me estoy volviendo, según mi padre, un lector. Y fue más fácil de lo que pensaba. El libro estaba allí, yo estaba allí y sucedió. Como supongo que suceden las cosas importantes en la vida. Sin que nadie obligue a un resultado.

Exactamente igual que el día que pasaba por la cancha de básquet en la escuela y la pelota estaba sola, abandonada en una esquina alejada del aro.

La tomé y, sin pensarlo, la lancé con fuerza. Y encesté desde el otro lado de la cancha. Me quedé completamente mudo.

Nadie me vio. Y es la primera vez que lo cuento porque difícilmente me creerían los que me conocen; yo, que soy un absoluto inútil para los deportes.

Lo intenté seis veces más. Y por supuesto no pude lograrlo.

Dice Fernando que fue una casualidad. Yo digo que fue magia.

La misma magia que me hizo abrir el libro de Sherlock y enamorarme de él a primera vista.

La diferencia es que seguí con otros libros y la magia estaba allí, resplandeciente.

Y eso, por más que lo intente, no volverá a suceder con el básquet.

Estoy negado. Nunca seré Michael Jordan.

¿Cómo se hace un lector?, me pregunto.

Y me quedan veintitrés minutos para resolverlo, antes que llegue Isa y el estómago se me llene de mariposas y no sea capaz de balbucear una sola palabra coherente.

Me parece que tiene que ver con la libertad. Quiero decir que el no sentirte obligado a leer genera una forma distinta de acercarte al libro, donde no hay más obligación que el gusto por saber qué es lo que sigue.

Y por lo que he visto a mi alrededor, en cuanto uno se hace lector no deja de serlo nunca jamás.

Isa lee. Mucho. Lo sé porque la veo, incluso en los recreos de la escuela, con un libro entre las manos.

Por lo tanto, también leer te acerca a los que leen. Y eso, en mi caso, es un premio. Ya tengo cosas que contarle. Y no son las típicas de adolescentes que solo tienen que ver con fiestas, con exámenes, con cantantes de moda o con películas.

Me puedo imaginar perfectamente la conversación que sostendremos dentro de un rato.

Es bueno y malo, porque si nos ponemos a hablar de libros, yo solo podré mencionar los seis que he leído. Bueno, también de esos otros que hemos leído en las escuela, pero que la verdad no me producen demasiada emoción. No me imagino teniendo una apasionante charla sobre el Cid, por ejemplo…

Pero leer no es una competencia.

Mi madre ha leído más que mi padre, y nunca los he visto tener una discusión sobre cuál de los dos tiene más lecturas hechas en su vida.

Por el contrario, se recomiendan libros y autores, y por cierto, hablan de ellos como si los conocieran y cenaran en la casa todos los viernes.

Cada quien lee según sus gustos y a su ritmo, por puro placer.

Hace unos días era el Hombre-Moco, y ahora estoy haciendo toda una tesis sobre libros y lectores.

¿Será que, como dicen, los libros te cambian?

Y me quedan veintidós larguísimos minutos para que llegue Isa.

Me miro al espejo, descuidadamente, solo para comprobar que estoy peinado, cuando noto con horror que me está saliendo un barro en medio de la frente.

¡Por primera vez en mi vida! ¡Justo en este momento!

Y grito lo que todos los adolescentes gritan en una situación límite como esta:

—¡Mamá!

Ella aparece agitadísima por mi puerta.

—¡Mira! —Y le señalo con el índice el cuerno monstruoso que está por aparecer.

163

—Me asustaste. Pensé que era algo grave —dice, muy quitada de la pena.

—Es muy, muy grave —respondo, mientras sigo mirándome al espejo, esperando que desaparezca, sí, por favor, que desaparezca.

El tiempo dejó de ir lentamente y ahora corre como jamaiquino en los juegos olímpicos, mientras mi madre rebusca algo en el baño.

Faltan quince minutos y yo estoy a punto de volverme Hellboy, pero con un solo cuerno.

Regresa con un bote entre las manos.

—¿Qué es eso? —pregunto al borde del llanto.

—Una pomada.

—¡Una pomada! Necesito cirugía, no una pomada.

—No exageres, Julián. Pareces personaje de telenovela.

—¡No exagero! ¡Mira, mira! —Y señalo mi frente como si estuviera apareciendo en ella, en ese instante, un verdadero monstruo.

—Te puedo maquillar —propone inocentemente.

—Antes, muerto —respondo.

Se empieza a reír. Y yo estoy que saco chispas.

Faltan diez para las cinco de la tarde. Ni siquiera los ensalmos mágicos de Harry Potter podrían lograr que desaparezca «eso» que frente a mis ojos va creciendo a una velocidad endiablada.

—No sé qué hacer —confiesa mamá, que está carcajeándose sobre mi cama. Quiero matarla.

Y yo no he leído los libros suficientes para saber qué hacer o cómo actuar en ocasiones terribles como esta.

—Se supone que las madres lo saben todo —digo, enojadísimo mientras intento exprimir con dos dedos el barro que todavía no está maduro y por lo tanto es imposible que desaparezca.

—No todo, querido. —Deja la pomada en la mesita y va hacia la puerta.

—¿Qué demonios voy a hacer? —aúllo.

Y ella, con una sonrisa en los labios, cierra suavemente mi puerta mientras dice:

—Ya se te ocurrirá algo.

Oigo, como en una verdadera pesadilla, que suena el timbre de la puerta de casa a las cuatro con cincuenta y cinco minutos de la tarde.

Estoy muerto.

ELLA

Le sudan las manos. Por primera vez en su vida. Es más, no tenía ni idea de que las manos sudaban, es algo completamente nuevo para Isa, que cada cinco minutos se las restriega contra los pantalones de mezclilla.

Ha pasado frente al escaparate de una tienda y se ha mirado a sí misma de soslayo, brevemente. Y lo que vio fue a una jovencita con cola de caballo, pantalones azules tipo pescador y una blusa blanca. El reflejo lleva también una mochila pequeña a la espalda. Hoy dejó las botas en casa; las ha cambiado por un par de tenis blancos sin calcetines. Una adolescente de paso firme. No vio a la gorda de siempre. ¿Tanto ha cambiado? ¿Vio el reflejo de otra que no es ella?

Se detiene en la esquina, aún hay tiempo.

Regresa hacia el escaparate lentamente, con un poco de miedo de lo que puede ver si se enfrenta de lleno al reflejo.

Primero asoma la cabeza para verse la cara.

Se le notan los pómulos. Antes solo había cachetes. Poco a poco va asomándose, primero el torso, luego una pierna, luego la otra.

Es Isa. La de siempre. Pero más delgada. No es que sea una flaca total, pero sin duda ya no es como era hasta hace dos semanas.

Da un par de giros frente a la tienda, volteando la cabeza para mirarse también por detrás. Entonces descubre, detrás de la vitrina, a una empleada que está vistiendo a un maniquí, que le sonríe franca y abiertamente.

Se sonríen entonces, una a la otra. Isa le hace una seña de saludo con la mano y retoma su camino.

«¿Habrá sido el brócoli?», se pregunta.

Ha escuchado historias en las que algunas mujeres se hacen cientos de tratamientos para quedar embarazadas; se ponen inyecciones, toman suplementos, medicinas, incluso consultan brujos, y no lo logran. Entonces adoptan. Y a los pocos meses ya están esperando un hijo.

Por lo tanto, no tiene que ver con el cuerpo sino con la cabeza. Tiene que ver con suspirar de alivio cuando dejas de hacer lo que supuestamente tienes que hacer, te relajas y sales de la dinámica obsesiva, y es entonces cuando sucede lo que esperas.

Debe ser eso. Esa manera de ir por el mundo sin empujar las piedras, y en cambio, ir pacientemente haciendo un agujero debajo de ellas para que al final, por su peso, caigan solas.

El caso es que Isa vio en el escaparate su reflejo. Y le gustó lo que vio: una jovencita sonriente con cola de caballo que se siente a gusto en su cuerpo, que lentamente se va acostumbrando a su nuevo cuerpo.

Son las 4:30 de la tarde y ya está a un par de calles de la casa de Julián.

Y no puede llegar antes a la cita. Por ningún motivo. Parecería que está desesperada por verlo. Y aunque así fuera, las cosas no suceden así. Una mujer no debe parecer desesperada, aunque lo esté.

Es más. Cualquiera de sus conocidas le diría que debería llegar después de la hora pactada. Hacerlo esperar.

Pero Isa no es así. Aunque en el reflejo del escaparate parezca otra. Ella está llena de nobleza. Y la nobleza es esa cualidad que impide que los reflejos te hagan sentirte superior.

Llegará en punto.

Hay una heladería en la otra esquina.

Se sienta y pide un doble de fresa. Abre sobre la mesita puesta en medio de la calle el libro que lleva en la mochila: *La más faulera*, de Mónica Lavín. Está a punto de acabarlo. En él, Andrea, una adolescente como ella, está obsesionada con el basquetbol y dedica toda su fuerza y energía al deporte, pero por alguna u otra razón siempre comete faltas y la expulsan de los partidos en los que juega.

Parece fácil pero no lo es. Realmente la novela de Mónica es una historia de amor, una historia donde la protagonista lo que está buscando es el equilibrio en su vida. Todos la miran con cierto recelo por sus actitudes, que podrían resultar demasiado varoniles, como si el deporte estuviera reservado para los hombres. Hasta que conoce a Manuel y hay entre los dos una química que supera las meras apariencias.

Isa se identifica con Andrea. Una protagonista femenina como ella misma, que no está del todo a gusto dentro de su cuerpo y de su vida, y cuenta los avatares y las cosas que suceden mientras se va buscando y encontrando, con una pelota en la mano o sin ella.

Cierra el libro sonriendo. Se parece más a esa jugadora de básquet que se la pasa cometiendo *faules* que a *Anna Karenina*.

Pero cada día se parece más a sí misma, y eso es algo inquietante y al mismo tiempo satisfactorio, como si la construcción de la personalidad propia fuera un proceso que se siente; algo así como crecer e ir notando por dentro cómo los huesos se van alargando.

Ha terminado el libro y el helado. La casa de Julián está a menos de cien metros y faltan ocho minutos para la cita. Para llegar en punto, como quiere, tendría que ir a paso de gallina, cuando lo que realmente sienten sus pies es que deberían correr a paso de guepardo, que se supone que es el animal más veloz sobre la tierra. Levantarse en ese instante y tocar a la puerta de la casa en los siguientes diez segundos, implantando un récord mundial.

Camina en sentido contrario. Le dará la vuelta a la manzana.

Camina y piensa…

Desde el día en que le dio la patada en los «cataplines» (y se ríe para sus adentros) a Manlio, algo ha pasado. Fue como una suerte de amuleto que cambió su vida para siempre. Jamás pensó que fuera capaz de hacer algo así. Pero se siente aliviada.

Es como cometer un *faul*, pero nadie te expulsa de la cancha. Al contrario. Incluso te aplauden.

En cuanto se enteraron en la escuela de la «hazaña», todos la saludan; algunos que antes ni siquiera la miraban ahora la tratan con una familiaridad extraña. Isa piensa que le tienen miedo. Pero ella no va por la vida pateando personas. Espera no tener que volver a hacerlo nunca. No quiere que le tengan miedo; por el contrario, le encantaría que supieran que lo que le gusta son los libros, los helados, los amigos sinceros que le cuentan películas o chistes mientras se carcajean de lo lindo.

Ha dado la vuelta a la manzana en tres minutos.

¿Es una manzana muy pequeña? ¿O ha ido demasiado rápido?

Faltan cinco minutos. Sin pensarlo siquiera, se pone frente a la puerta y toca el timbre.

ELLOS

No hay una Tijuana, hay muchas Tijuanas diferentes.

La frontera con mayor número de cruces por año en el mundo es también una trinchera contra la violencia de estos oscuros y terribles tiempos.

Tijuana contiene en sus entrañas las peores pesadillas y los mejores sueños, pobreza y drogas, pero también cultura y arte.

En una colonia alejada del centro, lugar peligroso sin duda, un grupo de adolescentes se reúne todos los días a leer, a vivir otras vidas mientras encuentran los motivos y las razones para encaminar las propias.

Cuando Laura y Jorge llegaron con su coche destartalado y la cajuela llena de libros, muchos pensaron que solo venían de paso, que no aguantarían, que serían echados rápidamente.

Las pandillas son dueñas de la noche. Y también de muchas de las vidas de los que allí residen y resisten intentando construir futuro.

—¡Están locos! —dijo doña Matilde cuando los vio poner el tenderete con textos y la sombrilla para evitar el sol durísimo del verano. Cada uno se plantó en una silla playera y esperaron...

Silenciosamente esperaron.

—¿Qué venden? —preguntó Fermín, el de los tacos.

—No vendemos nada. Es una biblioteca ambulante y gratuita. Puede tomar el libro que guste, llevárselo y cuando lo lea lo devuelve y se lleva otro —le explica Laura, con esa sonrisa monumental que tiene, desde sus veintidós años.

—Se los van a robar. No los van a devolver —sentencia Fermín mientras hojea un ejemplar gastado de *Robin Hood*.

—Sí los van a devolver. Y se van a llevar otros —afirma categórico Jorge.

Llegaron allí hace dos años. Y se ponen en la misma esquina todos los días desde las tres de la tarde hasta que se pone oscuro. Luego desmontan y se van a casa. Por las mañanas trabajan en la ciudad. Los libros son donaciones de amigos y conocidos, comprados al por mayor en librerías de viejo, sacados incluso de la basura y limpiados a conciencia por la pareja, que piensa que en ellos se encuentran montones de respuestas y sobre todo montones de nuevas preguntas.

Laura y Jorge creen que, frente a la violencia y la impunidad, el libro es una herramienta indispensable para transformar a la sociedad, para darle un rumbo nuevo.

La primera semana tres personas se llevaron un libro, desconfiando un poco de la generosidad de esos extraños en ese territorio acostumbrado a las balas, las drogas y la miseria.

Dos lo devolvieron la semana siguiente y se llevaron otro. El tercero nunca volvió. Dicen que logró pasar a Estados Unidos.

Moy, el líder de la pandilla más brava y violenta de la zona se acercó al tercer día, preocupado por esas cosas extrañas que estaban pasando en sus dominios.

Muy pronto se dio cuenta de que no era una banda rival, ni gente que quisiera hacer un negocio a sus espaldas, ni infiltrados de la policía o del gobierno. Solo un par de jóvenes que tenían una idea poderosa entre las manos.

Una idea más poderosa que la pistola escuadra .45 que siempre llevaba en la cintura.

Se dio cuenta de que eso que estaba sucediendo era por fuerza bueno para todos.

Así que ordenó a sus seguidores que la pareja del coche rojo no debía ser molestada bajo ninguna circunstancia.

Todos los vecinos dicen que tuvieron mucha suerte. Pero se dice también que durante la secundaria, que abandonó para entrar a los negocios turbios, Moy fue un buen lector, y que la muerte de su hermano a manos de otra pandilla fue el empujón definitivo a una vida de terror de la que ya no sabe cómo regresar.

Laura y Jorge pasaron el primer mes siendo observados por todos casi como a los animales cautivos de un zoológico, con curiosidad pero también con desconfianza. En este país las cosas gratis suelen generar terribles suspicacias. El pueblo se ha acostumbrado a tener que pagar a la larga por los favores recibidos.

La idea pequeña que echaron a andar prosperó y tienen un público asiduo que ha ido creciendo con el paso del tiempo. Tanto, que decidieron dejar puesto el cordel con libros incluso por las noches, cuando no llueve. Nunca se han robado un libro; quien se lo lleva lo devuelve y regresa en busca de nuevas maravillas.

No hay ciencia en lo que hacen. Es tan solo acercar el libro al posible lector de una manera amable, desinteresada, allí donde más se necesita.

—¿Quién es este? —le pregunta a Laura el pequeño que tiene la camisa y el pantalón lleno de lodo, con un dedo pequeño y tembloroso que señala al libro que hay en una de las cuerdas puestas para mostrarlos. A falta de libreros, los ejemplares cuelgan como ropas puestas al sol, el sistema más barato del mundo para mostrar los prodigios, según Jorge.

—Ese es Peter Pan —responde Laura mirando el libro.

—¿Quién es Peter Pan?

Y a punto de comenzar a contar la historia de ese muchachito que no quiere crecer, contesta con otra pregunta.

—¿Sabes leer?

—Sí sé —contesta muy serio el niño, casi ofendido.

—¿Cómo te llamas?

—Arturo Valdiosera Serrano, para servirla.

—Yo soy Laura, y él es Jorge. Llévate el libro, por favor.

—No tengo dinero —contesta el muchachito que se ha llevado las manos a los bolsillos en un ademán clarísimo que puede entenderse a la perfección en el mundo entero.

—No queremos dinero. Es un regalo.

Los mira fijamente mientras, con el rabillo del ojo, mira también el libro, con deseo, pero sin atreverse a acercarse.

Laura lo descuelga y se lo pone en las manos.

El niño abraza el libro y corre dejando detrás de sí una estela de polvo.

Laura y Jorge saben que están haciendo lo correcto, lo indispensable, lo mejor que pueden hacer en la vida: dar esperanza de tinta y papel, esperanza en forma de palabras, de ideas nuevas.

Los libros no pueden cambiar el mundo pero, sin duda, cambian al niño que puede cambiar el mundo.

Laura mira hacia el mar, allá lejos, al fondo.

Jorge la abraza.

Está oscureciendo en Tijuana y, sin embargo, cada vez hay más luz.

ÉL

Él se levanta una mañana y mira a su alrededor.

Está solo en su habitación. No ve el mundo en este momento a través de las páginas de un libro.

Los demás piensan que es raro. Diferente. *Freak.* Tiene pocos amigos en la vida real y un montón de ellos que han ido surgiendo de la tinta.

Se mira detenidamente al espejo de cuerpo entero que hay en la puerta y ve claramente la imagen reflejada de un adolescente como cualquiera. Si el espejo pudiera reflejar también lo que siente, se podría observar a un adolescente con los mismos sueños, las mismas inquietudes, las mismas pesadillas que tiene el resto.

Vive en un mundo que ha privilegiado el poder del dinero por encima del poder de las ideas y de las palabras; es más popular el que lleva un teléfono celular que el que trae en la mano un libro.

Pero eso ni le importa ni le preocupa. No quiere ser popular; lo que quiere es conocer, saber, viajar sin tener que levantarse del sillón, sentir el latido de su corazón, que cabalga en el pecho cuando está a punto de develar la identidad del asesino, suspirar como suspiran los enamorados, mirar por la ventana y ver pasar a la ballena blanca, sentir sus pies sobre la hierba de latitudes insospechadas, recibir sobre su cabeza el agua fresca de la cascada en la isla desierta, el olor de la gasolina mientras recorre la ruta 66, saber el peso exacto de la espada que empuña mientras lo cercan los monstruos, perder el aliento mientras vuela sin ayuda de máquinas o artilugios por encima de la ciudad, que a su pies se rinde ante el prodigio, sostener en la espalda la mochila que guarda los secretos, tener amigos que darían incluso la vida por él, probar el pan recién hecho en la taberna, los labios de la princesa que ha rescatado de ese torreón inmundo, la palmada en la espalda de aquellos que pelean con valor a su lado, ver los gloriosos atardeceres malayos, accionar la palanca que suelta el fuego para que el globo se eleve, levantar la varita mágica y lanzar maldiciones, rescatar al león herido por los cazadores furtivos, aullarle a la luna, huir de la monotonía cruzando pasadizos de ese laberinto interminable, apretar fuertemente el mapa del tesoro, beber la pócima que lo convertirá en otro, sentir la brisa azotando su cara en la quilla de la goleta que recorre el mundo, hundirse en la fuente de la juventud eterna, encender el quinqué que ahuyenta a las sombras, encontrar el camino a la paz, la justicia, la amistad, las quimeras, el amor, vencer el miedo, derrotar lo cotidiano para volverlo todos los días un suceso extraordinario, cabalgar sobre animales mitológicos, caminar con paso firme por la tabla que separa a los hombres del abismo, seguir siendo él sin que todos los otros que viven dentro de su cabeza lo abandonen, reivindicar su derecho absoluto a la imaginación, la fantasía, la rebeldía, los sueños.

El espejo le devuelve la imagen de un adolescente larguirucho y pálido. Igual que los demás adolescentes que pueblan este mundo inhóspito y a veces cruel.

Dicen que los espejos no mienten.

Pero nadie dice que el espejo no puede ver dentro de la cabeza del que se mira, así que solo muestra una apariencia. Dentro de su cabeza vive un universo entero.

Él le sonríe al reflejo que no sabe todo lo que bulle dentro de su cuerpo.

No está mal que los demás piensen que eres raro, *freak,* distinto, diferente, que parezcas incluso completamente inofensivo.

No saben que están frente a un lector.

Y no hay nada más peligroso sobre la tierra que un lector que puede hacer lo que le dé la gana.

Él lo sabe a ciencia cierta.

YO

Oigo la voz de Isa, abajo en la sala, hablando con mi madre.

Estoy sudando y no hace calor.

Montones de pensamientos se arremolinan dentro de mi cabeza, pero uno, el más poderoso de todos, se va comiendo lentamente a los demás, uno que es como una de esas tormentas de verano, cuando estás en el jardín a punto de comerte la carne que tu papá está sacando jugosa del asador y poniéndola en tu plato en medio de un día radiante y con el sol en lo alto, y de repente una nube inmensa y negra sale de ninguna parte, se materializa frente a tus ojos y deja caer un torrente de agua en cuestión de segundos, apagando el carbón, empapando la ensalada y haciendo que todos corran a refugiarse dentro de la casa.

Eso. Una enorme nube negra que te deja en claro que dentro de unos segundos lo que vendrá será tan solo un estrepitoso fracaso.

Isa viene a traerme la tarea de matemáticas y yo me he estado haciendo ilusiones estúpidas.

¿Qué va a ver?

A un muchachito engreído que todavía está un poco amarillo por la hepatitis, con un cuerno enorme en el centro de la frente.

Un monstruito al que su mamá alimenta en la penumbra de un

cuarto para que los demás no lo vean. Un fenómeno que se siente importante porque ha leído seis libros y cree que con ello la princesa va a caer rendida a sus pies. ¡Ja!

—¡Baboso! —me digo a mí mismo, merecidamente.

No voy a bajar. En cuanto suba mi madre a buscarme me voy a meter entre las sábanas y voy a decir que tengo fiebre, que estoy al borde de la muerte, que ya me morí y soy un pinche zombi.

Isa no querrá tener nada que ver con un zombi. Le he oído decir pestes de ellos en el patio de la escuela. Dice que son los monstruos más estúpidos de la literatura y del cine. Que no sirven para nada porque carecen de voluntad. Y que es la voluntad la que mueve al mundo y la que hace que los monstruos que la poseen sean mucho más atractivos.

Los vampiros, por ejemplo. Seres elegantes y cultos con un enorme magnetismo, que pueden tener conversaciones inteligentes como en la novela de Anne Rice, *Entrevista con el vampiro*, que no he leído, pero Isa sí y se la sabe completa. Un vampiro ha estado en la tierra muchos años y por lo tanto sabe una enorme cantidad de cosas, se viste impecablemente y puede hablar de todo eso que ha aprendido durante los siglos en que su alma condenada vaga misteriosamente por la noche.

Isa dice que los zombis no. No hablan y no tienen voluntad. Que si ella tuviera uno, lo mandaría a pagar la luz al banco, haciendo cola durante horas interminables sin quejarse.

Isa dice cosas sorprendentes que pocos escuchan.

Por ejemplo, que en la literatura no hay heroínas con las que se sienta identificada. Yo he tenido mucha suerte con el primer libro que leí con gusto, con un inmenso placer que no sabía que existía, y en unos pocos minutos ya era todo un Sherlock Holmes.

Isa es gordita y algunos la molestan por eso.

Pero es muy inteligente, divertida, habla de cosas de las que nadie habla y también es muy guapa, sabe jugar ajedrez y lee como loca. Es perfecta.

Y yo soy un zombi con un cuerno.

Me voy a tirar por la ventana antes de que mi madre suba.

O me voy a esconder debajo de la cama.

Porque no me da tiempo de entrar a internet a buscar un tutorial sobre «Cómo impresionar a esa chica a la que no tienes idea de qué decirle y que notará el cuerno que tienes en la frente».

Lo de tirarme por la ventana se perfila como la mejor de todas las salidas.

A lo mejor tengo suerte y en la caída un vampiro perdido que no le tiene miedo al día pasa y, mientras caigo, clava sus colmillos en mi cuello y así podré volver, muy elegante, inmortal, dentro de algunos años a pedirle a Isa que sea mi novia.

Pero sé bien que no va a suceder.

Oigo unos pasos familiares en la escalera.

En unos minutos mi vida se irá al mismísimo infierno.

Por primera vez en la historia, mi madre toca la puerta y no la abre de golpe como acostumbra.

Oigo su voz al otro lado de la madera, con un tono que no había usado nunca.

—Julián, te busca Isabel —anuncia.

Como si yo no lo supiera. Como si no llevara todo el día, que ha sido interminable, esperándola.

Jalo aire. Me resigno como se resignan los condenados a muerte.

Pienso un instante en la comida de hoy: lo que yo quise. Lo que les dan, como última gracia, a los que saben que irán a enfrentar al verdugo.

—¡Voy! ¡Ya voy!

ELLA

La madre de Julián abre la puerta. Es más joven de lo que Isabel esperaba. Solo la ha visto una vez, en un festival escolar, de lejos. Una mujer muy lozana y muy esbelta, enfundada en un vestido de flores, que sonríe como si estuviera en un comercial de televisión de pasta de dientes.

Por un momento se siente abrumada, confundida, pequeña.

La madre de Julián la abraza como si fuera uno de los niños perdidos de Nunca Jamás que hubiera decidido volver.

Isa baja la vista un poco avergonzada y descubre que una mancha delatora de helado de fresa se ha incrustado en su blusa blanca, hasta hace unos momentos impecable. «¡Bruta!», se dice a sí misma mientras la mamá de Julián la empuja dentro de la casa, la empuja hasta la sala y la empuja hasta un sillón doble de color verde pálido.

La mancha delatora se sitúa peligrosamente unos centímetros por encima del ombligo. Es minúscula, pero Isa siente que es inmensa, tan inmensa que su blusa blanca es ahora color fresa.

Se quita la mochila de la espalda mientras es empujada al sillón y la pone, como un escudo medieval, frente a su pecho.

Julián bajará las escaleras, guapísimo, con sus maravillosos pantalones de mezclilla, sus tenis rojos de siempre y esa camiseta negra de los Rolling Stones que lleva una boca roja sacando la lengua, y antes de que salte del último escalón, la mirará desde allí, levantará el brazo y con un dedo inmenso que irá creciendo y alargándose hasta la sala, señalará su blusa.

—¡Te manchaste de helado! —acusará.

E Isa, avergonzada, se echará a llorar y saldrá corriendo de la casa. Pero esta vez, ninguno de sus zapatos, bueno, de sus tenis, se quedará en el camino. Porque sabe, y lo tiene claramente apuntado en su cuaderno, que los príncipes azules no existen.

La madre de Julián no deja de hacer preguntas que Isa contesta con monosílabos. Su cabeza está en otra parte y sus ojos, fijos en la escalera que está a unos siete metros de distancia.

—Me dice Julián que lees mucho, ¿verdad?

—Sí —contesta Isa, buscando con la mirada el camino a la salida.

—¿Te gustan las novelas? —pregunta la madre, que se ha sentado junto a ella en el sillón.

—Sí —responde, mientras siente que está a punto de vomitar sobre el sillón verde pálido. Piensa que no debió comerse el helado, no debió venir, no debió salir de su refugio.

—¿Has leído a Stieg Larsson?

—No. —Y con ese monosílabo negativo se da cuenta de que está pareciendo una idiota—. Perdón. Estaba en otra cosa. No lo he leído, ¿es bueno?

—A mí me lo parece. Es muy duro. Tiene una saga llamada Millennium y la chica que aparece en ella se llama Lisbeth Salander. Suceden cosas terribles, pero es una superviviente y un personaje fuera de serie. ¿Cuántos años tienes, Isabel?

—Voy a cumplir quince.

—Tal vez seas demasiado joven para esos libros. —Y en cuanto lo dice, la mamá de Julián se arrepiente y hace un mohín con los labios—. Bueno, uno nunca es demasiado joven para leer lo que se le antoje. Y además, pasan cosas mucho más terribles todos los días en los noticieros y en la vida.

—No se preocupe. Tengo mucho tiempo, ya lo leeré. —Le cayó bien.

—¿Te van a hacer fiesta de quince?

Isa sabía que eso iba a pasar. Todo el mundo pregunta lo mismo, como si no pudieran pensar en otra cosa.

—No.

—Ahhh —dice la mujer que parece haberse perdido un instante, pero que enseguida retoma la compostura—. Yo tampoco tuve. No me gustaban y no me gustan. Demasiado lío para luego tener un vestido que solo estorba en los clósets y que no te vuelves a poner en tu vida.

La madre de Julián le cae bien, pero nota que se ha puesto nerviosa y no sabe qué hacer con las manos ni con los pies, que le tiemblan.

—¿Quieres un refresco, agua, algo de comer?

«Un helado de fresa, por favor, para acabar de mancharme el resto de la blusa», piensa contestar Isa, pero tan solo mueve la cabeza hacia los lados.

—¿Podría llamar a Julián? Le traje la tarea de matemáticas.

La mamá se levanta como impulsada por un resorte. Capturada en falta, queriendo saber cosas sobre esa muchachita por la que su hijo suspira.

—¡Claro, perdóname, soy demasiado parlanchina! Voy a buscarlo. Estás en tu casa.

Y la ve cómo se va hacia las escaleras.

Este sería el momento preciso para huir, o para entrar al baño a lavar la blusa, o para sacar la varita de Hermione y hacer un conjuro que la devuelva en el tiempo media hora para no comerse el maldito helado que está a punto de arruinarle la vida.

Pero una cadena invisible la mantiene atada, petrificada en su lugar.

Oye cómo la mamá de Julián toca una puerta allá arriba. Y oye a Julián decir: «¡Voy! ¡Ya voy!».

Tiene ganas de llorar.

Pero es una superviviente. Como la chica de las novelas que tendrá que leer algún día.

Así que toma fuertemente, con las dos manos, los ribetes del sillón en el que está sentada, como si estuviera en una montaña rusa a punto de lanzarse en la pendiente más pronunciada del mundo.

Oye los pasos de Julián en la escalera.

Toma aire como si fuera un buzo que va a sumergirse en las profundidades y cierra los ojos como en una novela.

NOSOTROS

—¿Qué haces? —le pregunto al encontrarla con los ojos cerrados y aferrándose al sillón horriblemente verde de mi madre. La noto más delgada, más luminosa, más bella que nunca.

Isa abre los ojos y sonríe. Se ha puesto roja como un tomate. Yo me derrito en ese instante, como un helado en el desierto. Confío en que no lo note. Debo estar sonriendo también, como el imbécil que soy.

—Probando —dice. No quiero saber qué prueba, si la ceguera o el sillón, o se aguanta la terrible visión que debo estar provocándole.

—¿Por qué traes gorra? —me pregunta. Y todas las posibles e inútiles respuestas que fui practicando de bajada a la sala se me borran de la cabeza igual que se me borran en su momento los números primos, los puertos del Mediterráneo, los mamíferos australianos cuando me los pregunta la maestra frente al pizarrón.

Y digo lo primero que se me ocurre.

—Me gusta el beisbol.

—A mí también —contesta Isa desarmándome. Nunca en mi vida he visto un partido, no sé el nombre de ningún equipo importante, no sé ni siquiera las reglas.

Antes de que todo se derrumbe como un castillo de cartas, opto por la sinceridad. Que pase lo que tenga que pasar. Me quito la gorra mientas me siento lo más lejos posible de ella en el sillón, a pesar de que quisiera estar tan cerca que nuestras piernas se tocaran.

—Me salió un grano. Un barro. Un cuerno —le digo señalándome la frente.

Ella se acerca y me inspecciona como un científico que estuviera mirando por un microscopio.

—No se te nota nada. En dos días se te seca. Me gustas más sin gorra —dice.

Y a mí me comen la lengua los ratones, como se dice por ahí. Me quedo mudo.

Cuando logro recomponerme, unos segundos después que debieron parecer un par de semanas encerrado en un elevador, me armo de valor:

—Tú te ves más flaca. Pero me gustabas igual antes que ahora.

Ella se quita la mochila que tenía incomprensiblemente en el regazo y señala algo en su estómago.

—Me manché con helado —confiesa mientras parpadea, y siento que ese parpadeo provoca una brisa que me refresca y me llena de paz.

—No se nota nada. ¿De qué era?

—De fresa. Ni cuenta me di hasta que llegué.

—Yo comí de cereza. Mi madre trajo. ¿Quieres?

—Bueno —acepta Isa que rebusca algo en la mochila.

Me levanto para ir a la cocina.

—No te vayas —dice Isa. Y yo como un zombi regreso hasta el sillón. Si me hubiera pedido que me pusiera en la cola del banco, lo hubiera hecho sin dudar.

Me siento más cerca, casi nos rozamos.

—No voy a hacer fiesta de quince años —me confiesa.

—Sí. Me llegó tu mail. Me parece bien. Hay cosas más importantes en la vida.

—¿Por ejemplo? —pregunta. Huele a un perfume que me recuerda al mar, a las naranjas.

—No lo sé. Los viajes, el estar bien con uno mismo, el tener gente a la que decirle tus cosas, tus secretos, los libros.

Me mira sorprendida. Asiente con la cabeza.

—A ti no te gusta leer. Te quejas todo el tiempo en la clase del maestro Fernando.

Y yo, casi sin querer, le contesto imitando al maestro:

—No me gustan todos los *libgros*. *Descubgrí* unos que sí me gustan. He leído seis.

Isa se ríe. Y su risa suena como suenan los pianos o el aleteo de los pájaros.

—Seis está bien. Te traje uno. —Saca de su mochila un libro y me lo entrega; nuestros dedos se tocan.

—No lo conozco.

—Debe estar buenísimo. Se llama *La conjura de los necios* y es de John Kennedy Toole. Vi la recomendación con los booktubers. Todos dicen maravillas de él.

A esos amigos de los que habla no los conozco, pero si Isa dice que la recomendación es buena, debe ser buena.

—¿No lo has leído?

—No todavía. Me lo prestas cuando acabes —dice Isa.

—Podemos leerlo juntos.

Ella sonríe otra vez.

Una lectora y un lector principiante sentados en un sillón verde.

La veo a los ojos, fijamente, como en las películas. Me doy cuenta de que los tiene de color miel, como soñé.

Me aproximo lentamente, venciendo todos los miedos. Tomo su mano.

Isa cierra los ojos. Yo cierro los ojos.

Nuestros labios se acercan…

Nada puede salir mal.